2021년 11월 10일 초판 1쇄
2021년 12월 27일   2쇄

지은이 이태희
펴낸곳 HadA
펴낸이 전미정
책임편집 최효준
디자인 고은미 정윤혜
교정·교열 이지현
출판등록 2009년 12월 3일 제301-2009-230호
주소 서울 중구 퇴계로 243 평광빌딩 10층
전화 02-2275-5326
팩스 02-2275-5327
이메일 go5326@naver.com
홈페이지 www.npplus.co.kr

ISBN 978-89-97170-68-5 03800

정가 16,000원

ⓒ 이태희, 2021

삶의 변곡점,

마음 다이어트가 필요해

이태희

살다 보면 삶의 변곡점이라는 것이 있나 봅니다. 그것이 누군가에게는 시련일 수 있고, 또 어떤 사람에게는 기회가 되기도 합니다.

돌이켜보면, 제 삶의 변곡점은 28여 년간 몸담았던 공직을 떠난 시기인 듯합니다. 미리 생각하지도, 그래서 대비하지도 못했습니다. 급작스레 처한 상황에 혼란스러웠습니다. 시련까지는 아니더라도, 결코 유쾌한 경험은 아니었습니다. 준비가 부족했습니다. 냉정하게 나를 돌아보아야 했습니다. 무엇을 어떻게 해야 할지 적지 않은 시간을 고민했습니다. 답은 간단했습니다. '인생 2막이 조금 빨리 시작되었을 뿐이다. 더 멋지게 살자!'

우선, 어지러운 생각들을 정리하기로 했습니다. 뒤죽박죽 헝클어진 책꽂이를 가지런히 하듯이 말입니다. 그간 업무 따위의 핑계를 대며 미뤄둔 책들도 동네 도서관 서가에서 하루 온종일 느긋하게 읽었습니다. 뜻밖의 호사였던 셈입니다.

그즈음 루쉰魯迅의 글귀 하나가 눈에 띄었습니다. "희망이란 땅위의 길과 같은 것이다. 원래 땅 위에는 길이 없었다. 걸어가는 사람이 많아지면 그것이 곧 길이 되는 것이다." 저에게는 벼락같은 축복이었습니다. 욕심을 내어 글을 쓰기로 했습니다. 나의 삶을 뒤

돌아보고, 세상 현자들의 보석 같은 지혜들을 저 만의 시각에서 갈무리해 보기로 마음먹었습니다. 인생 2막을 멋지게 사는 새로운 희망이 생기게 된 것입니다.

저의 알량한 경험이 특별하다거나, 필력이 다른 분들에 비해 나을 것은 없습니다. 개인 일기장에나 써야 할 글들을 이렇게 책으로 내는 것이 부끄럽기 조차 합니다. 지극히 주관적인 제 글이 읽으시는 분들의 마음을 어지럽히지는 않을지 두렵습니다. 많이 부족합니다. 제 글에 대한 질책은 늘 달게 받들겠습니다.

여하튼, 미뤄둔 숙제 하나를 끝낸 것 같습니다. 인생 2막이라는 미지의 영역에 첫 발을 내디뎠다는 설렘도 있습니다. 이 모든 것은 주변 분들의 사랑과 격려 덕분입니다. 변변치 않은 남편을 만나 인생 풍파를 같이 헤쳐 온 나의 옆 지기 이은주에게 특히 고마움과 미안함이 큽니다. 책이 나오기까지 저에게 늘 용기를 북돋워 준 모든 분들께 이 책을 바칩니다.

2021년 10월
구절초 만개한 팔공산 기슭에서

차례

성찰, 나에게 보내는 편지

지혜, 비로소 보이는 것들

관계, 그리운 사람이고 싶습니다

일, 삶의 지혜를 찾는 또 다른 과정

참 앞만 보고 살았던 것 같습니다. 그것이 용기고 자신감이었을까요? 그럴지도 모르겠습니다. 그런데 언제부턴가 나의 지난날들과 내 주변의 일들에 대해 생각하는 시간이 많아졌습니다. 단순히 소심해진 성격 탓은 아닐 겁니다. 오히려 그동안 앞만 보며 달려온 나 자신의 우매함과 지나친 자기 파신을 반성하고, 조금 더 겸허한 자세로 살아야겠다는 생각을 한 결과라고 여겨집니다.

따지고 보면, 직진의 삶이 나에게뿐만 아니라 다른 사람에게도 이런저런 부담을 준 것 같기도 합니다. 심한 경우에는 아물지 않는 생채기를 만들기도 했습니다. 조금 멀더라도 돌아가는 길이 있고, 그 길이 올바른 길이었음에도 왜 그렇게 직진만을 고집했는지.

내가 설정한 목표를 향해 콩을 볶듯 바쁘게 뛰어다니거나 아등바등하지 않더라도 목표에 대한 방향성만 유지된다면 이루어질 목표는 결국 이루어집니다. 문제는 속도가 아니라 방향입니다. 여유가 필요합니다. 팍팍한 현실이 힘겨울 수도 있습니다. 그러나 이 또한 지나갈 것이라 생각하고 앞으로 더 겸허하게 자신과 주변을 돌아볼 생각입니다. 그리하여 스스로에게 더 많은 편지를 써 나가려고 합니다.

시간,

지나온 날들과 다가올 날들,

그리고 지금 이 순간

시간의 의미는 참 추상적입니다. 시간을 보는 관점은 사람마다 상대적이기도 합니다. 그래서 자칫하면 감당하지 못할 철학적, 과학적 논쟁으로 이어질 수 있어 매우 부담스러운 주제입니다.

그럼에도 불구하고 아마추어 입장에서 내린 저의 결론은 이렇습니다. 시간은 '과거와 현재, 미래로 끊임없이 이어지는 그 무엇'입니다. 과거는 그간 살아온 삶의 궤적이고, 미래는 앞으로 일어날 미지의 사건들이 펼쳐지는 텅 빈 여백과도 같으며, 현재는 지금 바로 이 순간입니다.

　　　　　　　삶의 변곡점, 마음 다이어트가 필요해

사람은 태어나는 순간부터 온전히 자신의 삶을 살아야 합니다. 매 순간이 지나면 과거가 되고 과거의 일들 즉, 삶의 궤적은 기억으로 남습니다. 기쁘거나, 화나거나 또는 좋거나, 나쁘거나 한 이 기억들이 우리의 생각을 사로잡습니다. 과거의 일들 중에는 즐거운 것도 있지만 자책할 것도 적지 않습니다. 그런데 자책 한들 무슨 소용이 있을까요?

우리는 흔히 개인적으로나 역사적 사실에 대해 가정을 이야기합니다. '그때 어떻게 했으면...'이라고 말입니다. 이런 식의 가정은 상상력을 자극하고 때로는 자기 위안과 재미를 주기도 합니다만, 거기까지입니다. 흘러간 물을 다시 주워 담을 수 없듯이 과거의 일들은 어찌 할 수 없습니다. 더구나 인간은 신이나 컴퓨터가 아니므로 과거의 일에 대한 기억에는 항상 오류가 있을 수 있습니다. 때로는 왜곡된 기억에 스스로를 가두어 버리는 우를 범하고 있는 것은 아닐까요?

앞으로 다가올 날들 역시 애매하기는 마찬가지입니다. 과거와 현재의 내 생각과 행동이 인과 법칙에 따라 미래에 어떤 모습일지 어느 정도 예상은 할 수 있겠지요. 그렇지만, 반드시 그러하리라고 확신할 수 있는 경우가 얼마나 될까요? 더군다나 한 치 앞도 내다보기 어려운 요즘 세태를 보면 더욱 그러합니다. 미래라는 여백에는 아무것도 정해진 것이 없고 지금 이 순간부터 채워나가야 합니다. 앞으로 남겨진 삶이 꽃길인지, 가시밭길인지는 아무도 모릅니다. 살아보아야 아는 것이지요.

프랑스의 대문호 빅토르 위고Victor-Marie Hugo의 말처럼 미래는 여러 가지 이름을 가지고 있습니다. 약한 자들에게는 불가능이고, 겁 많은 자들에게는 미지未知이며, 용기 있는 자들에게는 기회입니다. 운명! 그런 것은 모르겠습니다. 운이 있고, 없고를 이야기하지만 그냥 운은 운일 뿐입니다. 운에 매달린다고 해서 인생이 잘 풀리는 것은 아니지 않나요?

지금 이 순간 우리 생각의 대부분은 과거와 미래의 일들에 관한 것입니다. 과거에 대한 자책과 미래에 대한 걱정이야말로 우리를 괴롭히는 주범입니다. 모두 부질없는 일인데도 말입니다. 조금이나마 마음의 평온을 얻고, 삶의 가치를 높이는 방법은 지금, 여기에 있습니다. 알베르트 아인슈타인의 말처럼 과거의 일로부터는 배움을 얻고, 미래에 대해서는 잘 될 거라는 긍정과 희망을 가지면 됩니다. 대신 현재에 집중하는 겁니다.

꽤 오래전, KBS 명작다큐에서 현재에 집중하는 수행방법을 방영한 적이 있었습니다. '다르마Dharma, 치유'라는 제목으로 기억합니다. 바쁘게 돌아가는 일상 속이지만, 잠시라도 자신만의 시간을 갖고 자기 몸의 변화에 집중하라는 것입니다. 들숨과 날숨, 손발의 미세한 움직임 따위를 느껴 보라고 합니다. 이러한 변화에 집중하면 머릿속에 명멸하는 잡생각들에서 서서히 벗어날 수 있다고 합니다. 무척 공감이 갑니다.

삶의 변곡점, 마음 다이어트가 필요해

'욜로YOLO, You Only Live Once'라는 말처럼 인생은 한 번뿐입니다. 지나간 일에 집착하거나 앞으로의 일로 걱정하는 것은 참 바보 같습니다. 그래서 영화 <죽은 시인의 사회>에서 키팅 선생님로빈 윌리엄스은 학생들에게 '카르페 디엠Carpe diem, '현재를 즐겨라'라는 뜻의 라틴어'이라고 외친 것이겠지요.

톨스토이는 삶의 가장 중요한 질문 3가지를 다음과 같이 쓰고 있습니다.
이 세상에서 가장 중요한 시간은 언제인가?
　　　가장 중요한 사람은 누구인가?
　　　가장 중요한 일은 무엇인가?

현자의 목소리를 빌려 톨스토이는 말합니다.
이 세상에서 가장 중요한 시간은 지금 이 순간이고
　　　가장 중요한 사람은 지금 내가 대하고 있는 사람이며
　　　가장 중요한 일은 지금 내가 대하는 사람에게 선을 행하는 것이다.

레프 톨스토이, 『살아갈 날들을 위한 공부』

첫걸음을

내딛기가

이렇게 어려울까?

오랜 기간 고민하고 꿈꿔왔던 일을 하려는데, 막상 시작하려고 보니 어디서부터 해야 할지 막막합니다. 준비가 덜 된 것 같기도 하고, 잘 되겠나 싶은 의구심도 듭니다. 선뜻 시작의 발걸음을 내딛지 못한 채 하루하루 시간만 축내고 있습니다. 이런 상황은 스스로를 더욱 무기력하게 만들고 급기야 자포자기 상태로 몰아갑니다. 나름대로 중요하게 생각하는 일을 하려고 할 때 자주 겪는 일이지 않습니까?

우리는 무슨 일이든 시작이 중요하다고 말하면서도 이를 가장

삶의 변곡점, 마음 다이어트가 필요해

어려워합니다. 일을 시작하기에 앞서 완벽하게 준비가 되지 않았다는 핑계를 대면서 말입니다. 중요한 일일수록 분명한 목표와 실현 가능한 계획이 필수적입니다. 일의 성공을 위한 목표와 계획의 중요성은 아무리 강조해도 지나치지 않습니다.

그런데 목표는 잘 바뀌지 않지만 계획은 애초에 생각한 대로 진행되기가 쉽지 않습니다. 오히려 계획대로 되는 경우가 드뭅니다. 이러한 계획의 오류를 늘 감안해야 함에도 불구하고 우리는 지나치게 완벽한 계획의 환상에 사로잡혀 있는 것이 아닌지 모르겠습니다. 처음부터 완벽한 계획은 없다! 이것이 진리입니다. 완벽한 계획을 핑계로 일이 제대로 시작되지 못하는 것은 솔직히 말하면 그 일을 할 의지가 없거나, 완수할 자신감이 없거나 둘 중 하나입니다.

냉정하게 스스로를 평가해서 의지와 자신감이 없다고 인정되면 빨리 손을 털어야 합니다. 이도 저도 아닌 어정쩡한 태도로 시간을 축내는 것은 정말 의미 없는 행동입니다. 그렇지 않다고요? 그럼 바로 시작해야 합니다.

좋은 방법이 하나 있습니다. 자신이 어떤 목표하에 언제까지 일을 마무리하겠다는 것을 주변 사람들에게 공개적으로 밝히는 겁니다. 이를 '공개선언 효과public commitment effect'라고 하는데, 본인 스스로 한 약속이므로 이를 지키기 위해 필사의 노력을 하게 됩니다. 다른 사람들로부터 허풍쟁이 또는 사기꾼이라고 손가락질 받지 않기 위해서라도 말입니다.

『로마인 이야기』라는 책을 잘 아실 겁니다. 시오노 나나미しおの
ななみ가 쓴 총 15권의 방대한 로마제국의 역사를 기록한 책입니다.
그 내용의 깊이와 방대함은 가히 압도적입니다. 그런데 이 책의 저
술 과정을 보면, 시오노 나나미의 치열한 작가정신과 혼신의 노력
을 다하는 모습이 정말 감동적입니다. 시오노 나나미는 순수 일본
인으로서 일본에서 대학을 졸업하고 1964년에 이탈리아로 건너가
거의 독학으로 로마 역사를 연구합니다.

이후 1992년에 『로마인 이야기』 제1권 '로마는 하루아침에 이
루어지지 않았다'를 세상에 내놓습니다. 그리고 공언합니다. 매년
한 권씩 추가로 발표하여 2006년까지 15권로마 세계의 종언으로 완결
하겠다고 말입니다. 그리고 그녀는 약속을 지켰습니다. 그녀 스스
로 약속의 감옥에 자신을 가두고, 마침내 일생의 역작을 저술할 수
있었던 것이지요.

'시작이 반이다', '천 리 길도 한 걸음부터'라는 말이 그냥 나온
것이 아닙니다. 정작 일을 시작하지도 못한 상태에서 아무리 고민
해 본들 답은 나오지 않습니다. 일을 하겠다고 마음먹었으면 일단
부딪혀 보는 겁니다. 그러면 시야를 가리던 뿌연 안개가 조금씩 걷
히면서 희미하게 길이 보일 것이고, 그 길을 따라가면 '할 수 있다'
는 자신감이 생겨나는 겁니다.

한 발만 떼면 걸어진다.
나는 생각을 멈추고 일단 자리에서 일어서려고 한다.
몸이 무거운 것이 아니라,
생각이 무거운 것임을 알고 있기 때문이다.

하정우, 『걷는 사람, 하정우』

유토피아가 있어

걷는다

장자莊子의 호접몽胡蝶夢 이야기를 잘 아실 겁니다.

'어젯밤 꿈에 나장자는 나비가 되어 스스로 즐겁고 뜻에 꼭 맞았는지라 나인 것을 알지 못했다. 이윽고 잠에서 깨어보니 틀림없는 나였다. 알 수 없구나! 내가 꿈에 나비가 된 것인가? 나비가 꿈에 내가 된 것인가?'

'나비의 꿈'은 철학적으로 매우 심오한 논쟁의 주제이기 때문

삶의 변곡점, 마음 다이어트가 필요해

에 감히 이를 언급하는 것이 부담스럽기는 합니다만, '봄날에 꾼 한 바탕 꿈一場春夢'처럼 단순한 인생무상의 의미는 아닐 겁니다. 거두 절미하고 장자가 진정 이야기하고 싶었던 것은 현실에서 이루지 못하는 것들에 대한 갈망으로 볼 수 있지 않을까요? 나비처럼 가볍게, 유유자적하면서 날아다닐 수 있는 자유 말입니다. 이를 감안하면 장자가 '인간의 삶을 속박하는 어떤 것도 있지 않은 곳無何有之鄕'을 이상향 즉 유토피아utopia라고 한 이유를 어렴풋이 짐작할 수 있습니다.

누구나 마음속에 유토피아 하나쯤은 그려 놓고 있습니다. 사랑하는 사람들과 근심 걱정 없이 행복하게 살 수 있는 그런 곳일 테지요. 삶이 팍팍하고 힘들 때 우리는 자신만의 유토피아를 생각하며 근심과 시름에서 잠시 벗어나기도 합니다. 그래서 가끔은 행복해지는 꿈, 사랑하는 사람에 대한 꿈을 많이 꾸는지도 모르겠습니다. 잠을 깨고 또다시 현실과 마주했을 때 느껴지는 그 허탈감은 어쩔 수 없는 것이라 하더라도 말입니다.

삶의 과정은 순탄치만은 않습니다. 어찌 보면 우리는 '괴로움의 바다苦海'를 항해하고 있는 것인지도 모르겠습니다. 힘들더라도 스스로의 아픔을 달래가면서 좌절하지 않고, 어려움을 헤쳐 나갈 수 있다면 현실과는 동떨어진 신기루 같은 위안도 도움이 될 터이지요.

요즘처럼 각박한 세상에서는 사람과 일에 치여 몸도 마음도 녹초가 되기 일쑤입니다. 이로부터 벗어나 잠시라도 유유자적하고 싶은 것은 인지상정일 겁니다. '나는 자연인이다'라는 TV 프로그램이 사람들의 흥미를 끄는 것도 이런 이유가 아닌지 모르겠습니다. 물론 실천은 어렵더라도, 자연인으로 살면서 자신만의 유토피아를 만드는 것이 많은 사람들의 로망이 되고 있는 겁니다.

이야기의 방향을 조금 바꾸어 보겠습니다. 유토피아에 대한 그릇된 환상은 경계해야 합니다. 특히, 삶이 고달픈 사람들의 절박함을 이용하는 맹신적 행태가 그러합니다. 이는 전형적인 혹세무민惑世誣民입니다. 이상한 종교 단체 등에 빠져 가족과 멀어지고 힘들게 모은 재산까지 탕진하는 경우를 주변에서 심심치 않게 접합니다. 참 안타깝습니다. 상식적으로 생각하면 도저히 말이 안 되는 환상임에도 여기서 헤어나지 못하는 사람들을 보면 미스터리하기조차 합니다.

유토피아가 팍팍한 삶에 위안은 되겠지만, 구원이 되어서는 곤란합니다. 유토피아를 희망과 용기의 등대 정도로 생각하면 어떨지요?

유토피아는 저 멀리 지평선 너머에 있습니다.
유토피아를 찾아서 한 걸음 다가가면 잽싸게 그만큼 멀어집니다.
열 걸음을 다가가면 더 멀리 달아납니다.
마치 비 갠 오후 저 멀리 무지개처럼 말입니다.
그렇다면 유토피아는 무지개처럼 허상이고 아무 소용이 없는 것일까요?
아닙니다. 유토피아는 우리를 걷게 합니다.

에두아르도 갈레아노, 매일경제신문(2015.4.24. '김인수 기자의 사람이니까 경영이다' 재인용)

삶의 변곡점, 마음 다이어트가 필요해

선택의

순간이 오면

'트롤리 딜레마'라는 실험이 있습니다. 폭주하는 기관차가 멀지 않은 곳에서 달려오고 있습니다. 그런데 기관차가 오는지 모른 채 진행 방향 선로에는 5명의 인부가 일을 하고 있고, 진행 방향 오른쪽 지선에는 1명의 인부가 일을 하고 있습니다. 마침 당신은 선로를 바꾸어주는 레버 옆에 있습니다. 상황이 급박합니다. 그냥 5명이 죽는 것을 보아야 할지, 아니면 레버를 조작하여 오른쪽 지선에 있는 1명의 인부만 죽게 할지 둘 중의 하나를 선택해야 합니다. 가상 모의실험 결과를 보면 후자를 선택한 실험 참가자들이 90% 정도입니다.

그러나 상황을 조금 비틀면 확연히 다른 결과가 나옵니다. 예컨대 당신은 철길을 가로지르는 육교 위에 있습니다. 기관차가 달려옵니다. 기관사는 진행 방향의 선로에 인부 5명이 일을 하는 것을 모릅니다. 그리고 육교 위에는 당신 말고 어느 뚱뚱한 사람이 아래를 내려다보고 있습니다. 이 뚱뚱한 사람을 철로 위로 밀어뜨리면 기관차를 멈춰 세울 수 있습니다. 이 상황에 대한 가상 실험에서는 5명을 구하기 위해 뚱뚱한 사람을 육교 아래 철길로 밀어뜨릴 수는 없다는 대답이 약 80%가 나왔습니다.

이 '트롤리 딜레마'는 극단적인 상황을 상정한 것으로 현실에서 일어날 가능성은 크지 않습니다. 철학이나 윤리학, 심리학의 중요한 논쟁 주제가 될 수는 있겠지만, 그 누구도 정답을 제시할 수는 없습니다. '트롤리 딜레마'는 우리 인간에게 숙명과도 같은 선택의 문제를 일깨워 줍니다.

삶은 선택의 연속입니다. 따지고 보면 의지를 가지고 하는 행동은 모두 무엇인가를 선택하는 것이라고 할 수 있습니다. 선택은 집을 몇 시에 나설지, 밥을 누구랑 먹을지 등 일상화된 것에서부터 삶의 중대한 기로가 될 수 있는 결정에 이르기까지 그 스펙트럼이 매우 넓습니다.

중요한 결정 또는 선택일수록 더 많이 고민하게 됩니다. 대학 입시, 취직, 결혼, 투자와 같은 경제행위 등 굳이 예를 들지 않더라도 말입니다. 어쩌면 우리가 살아가면서 만나게 되는 번민과 걱정

삶의 변곡점, 마음 다이어트가 필요해

들이 오롯이 여기서 비롯된 것인지도 모르겠습니다. 순간의 선택이 인생의 중요한 변곡점이 될 수 있기 때문이겠지요. 그렇다고 해서 선택을 마냥 미룰 수는 없습니다. 안 할 수는 더욱 없고요. 중요한 선택일수록 그 결과를 놓고 만족하거나 환호할 수도 있는 반면, 불만족스럽다거나 좌절감을 맛보기도 합니다. 사람에 따라서는 결과에 크게 신경 쓰지 않는 초탈형도 있을 테고, 나쁜 결과임에도 선택 당시의 여건이나 상황상 불가피한 것이었노라고 스스로 위안을 삼는 사람도 있습니다.

사람의 일에는 모두 때가 있는데, 그때를 놓치는 경우 여러 가지 문제가 생기고 그로 인한 손실과 책임은 본인 스스로 짊어져야 합니다. 그래서 선택의 순간이 오면 결정하고 행동에 들어가야 합니다. 다만, 결정은 신중하고 냉정하게 이루어져야 합니다. 일순간의 감정이나 기분에 휘둘려 경솔하게 결정하면 안 됩니다. 본인 혼자만의 힘으로 결정하기 어려울 때는 마음을 터놓을 수 있는 주변 사람과 상의하는 것이 무엇보다 중요합니다. 스스로 고민하고 있는 일들을 주변과 상의하다 보면 의외로 쉽게 답을 찾을 때가 많습니다.

중요한 일을 선택하는 과정에서는 꼭 되새겨 보아야 할 것들이 있습니다. 사람마다 워낙 성향이 다르고 선택해야 할 일들에 따라 달라질 수 있어 일률적으로 말하기는 어려우나, 다음과 같은 것들을 제안하고 싶습니다.

나의 선택이 도덕적으로, 규범적으로 문제가 없는가?

나의 능력과 노력으로 원하는 결과를 이끌어 낼 수 있는가?

성공과 실패의 가능성은 각각 어느 정도인가?

성공에 따른 보상은 무엇이며, 실패 시 감수해야 할 것은 무엇인가?

선택 이후 원하는 결과를 얻기 위해 최선의 노력을 할 마음의 준비가 되어 있는가?

나의 선택이 주변 사람들에게는 어떤 의미가 있는가?

우리는 흔히 선택의 순간에 딜레마에 빠집니다. 다시 말해 '이래도 문제, 저래도 문제'라는 겁니다. 그런데 참 모질고 어려운 결정을 해야 할 때가 적지 않습니다. 나 또는 타인의 인생에 결정적인 영향을 주는, 그런 선택을 해야 하는 경우 말입니다. 이런 상황은 사람을 참으로 고통스럽게 만듭니다. 극단적인 딜레마에 봉착할 경우 자포자기의 심정이 되어 일을 그르치게 될 수도 있습니다. 바로 이것이야말로 우리가 경계해야 할 것입니다.

선택의 순간이 오면 그 상황을 있는 그대로 받아들여야 합니다. 피할 수 없는 상황이라면 당당히 맞서야 합니다. 고도의 집중력과 마음의 침착함을 유지하면서 최상의 선택을 이끌어내야 합니다. 어떤 것을 선택하는 것은 다른 것을 포기하거나 희생한다는 것을 전제합니다. 그래서 내가 한 선택이 포기하거나 희생한

삶의 변곡점, 마음 다이어트가 필요해

다른 것에 견주어 탁월했다고 스스로 자랑스럽게 생각해야 합니다.

우리가 선택을 주저하는 이유는
무엇인가를 포기해야 한다는 두려움 때문이든가,
아니면 실수나 실패에 대한 두려움 때문이다.

디오도어 루빈, 『절망이 아닌 선택』

기대의 배신,

빅 옴바사 Big Wombassa

희망과 꿈은 우리를 살아가게 합니다. 그것을 실현하기 위해 우리는 노력합니다. 노력이 결실을 맺어 원하는 결과를 얻을 수도 있고, 실패해서 좌절을 맛보기도 합니다. 치열한 노력 끝에 꿈이 이루어지면 그 성취의 기쁨은 세상 무엇과도 바꿀 수 없을 정도이겠지요. 그렇습니다. 꿈을 이루게 되면 그 과정에서 힘들었던 순간들이 햇볕에 눈 녹듯 사라지고 이제부터는 좋은 일만 가득할 것 같습니다. 그야말로 '고생 끝, 행복 시작'일 것 같습니다.

그런데 이게 간단하지가 않습니다. 전에는 화려하고 멋지게 보

삶의 변곡점, 마음 다이어트가 필요해

였던 것이 막상 이루고 나서 보니 많이 다른 겁니다. '이건 아니지 않아?' 당황스럽습니다. 회의감에 빠져들기도 합니다. 그 화려함에 이끌려 앞만 보고 달려왔는데 말입니다. 이런 경우가 아주 예외적인 상황일까요? 아닙니다. 오히려 일반적이고 자연스런 모습입니다. 누구나 비슷한 경험을 했을 겁니다. 특히 사회적으로 인정받는 전문직일수록 이런 경우가 많습니다. '명문대를 졸업하고, 그 어려운 시험을 통과해 전문직이 되었는데 고작 회의자료 복사나 해야 하다니!' 기대가 크면 실망도 크기 때문일까요?

심리학에서는 이런 상황을 '빅 옴바사Big Wombassa'라고 합니다. '자신이 원하는 일이 실제로 이루어졌을 때 과거에 기대했던 것을 실제로는 체험하지 못하게 되는 심리적 현상'을 지칭합니다.

보험회사 지점장까지 하다가 그만두고 시골에 들어간 고등학교 동창이 있습니다. 이제 막 시골 생활 2년 차에 접어들었습니다. 그 친구는 전부터 은퇴하면 시골에 내려가 유유자적하면서 살겠노라고 입버릇처럼 이야기했습니다. 그래서 시골에 간 것이 본인의 오랜 바람을 이룬 일이라 생각했습니다. 그런 결정을 내린 친구가 부럽기도 했습니다.

그런데 며칠 전 만난 자리에서 이 친구가 의외의 이야기를 하더군요. 시골 생활을 정리하고 다시 도시로 나올 계획이라고요. 그렇게 결정한 특별한 사정이 있는지를 물었습니다. 대답의 요지는 이렇습니다. '애초에 기대했던 시골 생활이 아니었다. 나름 준비를 한다고는 했지만, 준비를 잘하고 못하고의 문제가 아니라 기대수준이 문제였다. 시골 생활의 좋은 점, 나쁜 점을 충분히 감안했어야 하는데 좋은 점에 너무 편향된 것이 문제였다. 살아보니 알겠더라'라는 겁니다. 도시에서 직장 생활이나 자기 사업을 하다가 시골에 가서 성공적으로 정착하시는 분들도 많지만, 그렇지 못하고 힘들어하시는 분들의 심리를 잘 보여 주는 것이 바로 이 빅 옴바사 현상이 아닐까요?

꿈에 그리던 권력자가 되어도 상황은 별반 다르지 않습니다. 사람에 따라 권력에 대한 가치관과 지향은 다르겠지만, 으레 한 번쯤 최고의 권력을 가져 보았으면 하는 바람을 가지고 있을 겁니다. '다모클래스의 검劍'이라는 이야기가 있습니다.

기원전 4세기 전반, 시칠리아의 시라쿠사라는 나라에 디오니시오스라는 왕이 있었습니다. 그는 전지전능한 왕으로서 권력과 부 어느 것도 남부러울 것이 없었지요. 신하로 있던 다모클래스는 디오니시오스 왕이 부러웠습니다. 하루는 왕에게 말했습니다.

"왕께서는 누구나 바라는 것을 모두 가지고 있으니 얼마나 행복하시겠습니까? 저도 단 하루 만이라도 폐하께서 누리시는 권력과 부를 누려 보는 것이 평생의 소원입니다."

이 말을 들은 왕은 빙긋이 웃으며 말합니다.

"그런가? 내일 하루는 자네가 왕이니 뜻대로 해 보게나."

다음날 다모클래스는 하루 동안 왕을 체험했습니다. 마침 궁중

삶의 변곡점, 마음 다이어트가 필요해

에서 연회가 열렸습니다. 향기로운 술과 아름다운 여인, 흥겨운 음악 속에서 푹신한 왕좌에 앉아 하루의 행복감을 만끽하고 있었습니다. 그러던 중 우연히 머리 위 천장을 보고 깜짝 놀랐습니다. 날카로운 검 한 자루가 한 가닥 말총에 묶여 거꾸로 매달려 있는 겁니다. 그걸 본 순간부터 행복했던 마음은 싹 달아나고 얼굴은 파랗게 질렸습니다.

그런 다모클래스를 보고 왕이 말합니다.

"여보게 다모클래스, 뭐가 잘못되었는가?"

다모클래스는 완전히 넋이 빠진 채 말했습니다.

"저 검!……"

왕이 말했습니다.

"그게 뭐 그리 대수로운가? 나는 매 순간 언제 죽을지 모른다는 두려움 속에서 살고 있다네. 권력이란 언제 떨어질지 모르는 칼처럼 항상 위기와 불안 속에 유지되는 것이니 말일세."

어떻습니까? 섣부른 기대는 항상 우리를 배신할 수 있습니다. 간절히 원하는 일일수록 그 일을 성취했을 때 빅 옴바사가 나타나 우리의 기대를 저버리기 때문입니다. 그렇다고 이 빅 옴바사를 부정적으로만 보아야 할까요? 결코 아닙니다. 오히려 빅 옴바사로 인해 우리는 더욱 냉정해져야 합니다. 과도한 기대수준을 낮추고, 원하는 일이 이루어졌을 때 생길 수 있는 부작용도 미리 예측해야 함을 빅 옴바사는 암시하고 있습니다.

사람들은 명예와 지위가 즐거움인 줄만 알고,

명예 없고 지위 없는 즐거움이 참된 즐거움인 줄은 모른다.

사람들은 춥고 배고픔이 근심인 줄만 알고,

굶주리지 않고 춥지 않은 사람들의 근심이 더욱 심한 근심인 줄을 모른다.

人知名位爲樂, 不知無名無位之樂爲最眞.

人知饑寒爲憂, 不知不饑不寒之憂爲更甚.

홍자성, 『채근담』

삶의 변곡점, 마음 다이어트가 필요해

삶과 소주 맛은

어떤

관계일까?

근 3년 만에 만난 친한 친구와 술 한잔을 했습니다. 서로 바쁘게 산다는 핑계로 얼굴 대하기가 어려웠던 것이지요. 두어 시간 가까이 술잔을 기울이며 세상 살아가는 이야기를 하였지만, 썩 유쾌하지는 못하였습니다. 각박한 세상과 살얼음판 건너는 것 같은 현실로 마음은 더 우울해졌습니다.

친구가 술잔을 기울이면서 했던 말 중 유독 한 구절이 생각납니다.

"소주가 달면 인생이 쓰고, 소주가 쓰면 인생이 달다."

참 그럴듯한 말이지 않습니까? 지금 친구가 처한 상황을 에둘러 표현한 것이라 짐작하고 있습니다. 사실은 그 친구가 요즘 형편이 좋지 않습니다. 20년 넘게 해 온 사업이 최근 얼어붙은 경기와 자금 사정 등으로 고전하고 있다는 것을 다른 친구들을 통해 어렴풋이 듣고는 있었습니다.

여하튼 술자리에서 이 말을 듣고부터 둘 다 과음을 했던 것 같습니다. 친구도 그렇지만, 저 역시 이래저래 어렵기는 피차일반 마찬가지였으니까요. 술잔을 기울이면서 이런 생각을 했습니다.

'친구여! 나의 40년 지기 죽마고우여! 나는 알고 있다네. 자네의 권태로운 눈빛과 허허로운 웃음 뒤에 웅크리고 있는 그 번뇌를 말일세. 나를 보는 자네 역시 다르지 않을 터. 아마도 지금 자네나 나의 가슴에는 촉촉한 안개비가 내리고 있을 터인데, 그나마 둘이서 이렇게 소주 한잔하면서 회포를 풀어 보세.'

술기운 탓도 있었겠지만, 술자리에서는 친구 말의 깊은 뜻을 헤아리지 못하였습니다. 그런데 다음날 술이 깨면서 정신이 또렷해질수록 친구의 말이 자꾸 생각납니다. 소주 맛에 비유한 우리의 삶이 더욱 가슴에 와닿기도 합니다.

세상을 살면서 어렵지 않았던 때가 우리에게 있었나요? 하물며 친구처럼 사업을 하는 사람들에게는 매 순간순간이 위기이고, 범 아가리 같은 난관들이 도처에 널려 있을 겁니다. 이렇게 보면 우리 인생이 참 피곤한 것이긴 합니다. 크기와 깊이야 다르겠지만, 이런저런 문제나 근심 걱정이 없는 사람이 어디 있겠습니까? '꽃길'만 걷는 인생은 없습니다. 살다 보면 가시밭길도 나오고 오르막 내리막도 있는 겁니다.

가시밭길을 걷다보면 그만 모든 것을 포기하고 싶을 때도 있습니다. 그렇지만 어쩌겠습니까. 현실을 받아들여야 합니다. 세태가 그러하고, 인정이 그러한 것을 수긍할 수밖에 없습니다. 한 살씩 나이를 더하면서 '삶이란 어차피 그런 것이다'라고 여기고, 이를 받아들이는 여유와 배포가 생기는 것은 그나마 위안이 되기도 합니다.

사실 냉정하게 보면 우리 삶에 고난과 어려움만 있는 것은 아닙니다. 그 어려움을 이겨내고 난 후의 기쁨과 성취감은 그래도 세상이 살만하다는 믿음을 우리에게 주지 않던가요! 친구에게 격려의 문자 메시지를 하나 보내야겠습니다.

'친구여, 지금 당장은 현실이 팍팍하여 소주 맛이 달겠지만, 그 팍팍한 현실을 멋지게 돌파하고 느끼는 더 꿀맛 같은 소주를 한잔할 수 있는 날을 잡아 보세.'

소리에 놀라지 않는 사자와 같이如師子聲不驚
그물에 걸리지 않는 바람과 같이如風不繫於網
흙탕물에 더럽혀지지 않는 연꽃과 같이如蓮花不染塵
무소의 뿔처럼 혼자서 가라如犀角獨步行.

불교 경전, 「숫타니파타」

'역경'을

거꾸로 읽으면?

성공하는 사람과 실패하는 사람의 가장 큰 차이가 역경을 보는 시각입니다. 실패하는 사람들은 역경을 성가신 장애물이라 여깁니다. 특히 그 장벽이 높으면 자기 능력과 노력의 한계를 스스로 설정하고 포기해 버립니다. 반대로 성공하는 사람들은 역경을 장애물이 아닌 도전의 대상이자, 더 높이 도약할 수 있는 기회로 생각합니다. 그래서 포기하지 않고 새로운 생각과 시도를 함으로써 성공의 길에 이르는 것입니다.

심리학 이론 중에 자기실현적 현상과 자기불구화 현상이라는

삶의 변곡점, 마음 다이어트가 필요해

것이 있습니다. 자기실현적 현상은 '할 수 있어'라는 믿음이 있으면 그 일이 이루어질 가능성이 높다는 것입니다. 예를 들어 어린아이에게 "너는 머리도 명석하고 열심히 노력하는구나"라고 말해 주면 실제로 그 아이의 성취가 높아진다고 합니다. 믿음은 산도 옮길 수 있습니다.

자기불구화 현상은 '어차피 잘 안될 텐데 뭐!'라는 부정적 인식을 가지면 실패 가능성도 더 높아진다는 것입니다. 당연합니다. 역경에 처했을 때 패배적이고 비관적인 생각 또는 자기합리화로는 결코 성공의 길에 이를 수 없습니다. 여우가 발이 닿지 않는 높은 곳의 포도를 따먹지 못하자 "어차피 엄청 시어서 먹고 싶지 않아"라고 한 이솝 우화가 생각납니다.

세상에 쉬운 일이 어디 있던가요? 누구에게나, 어떤 일을 하건 역경은 닥칠 수 있습니다. 역경이 없는 것이 이상한 것인지도 모르겠습니다. 가만히 생각해 보면 역사적으로 명망이 높은 위인들은 물론이고, 우리 주변에서 감동을 주는 이야기들은 하나같이 역경과 어려움을 극복한 것들입니다. 고난 속에서도 굴하지 않는 신념과 노력으로 빛나는 성취를 이루어 낸 그런 성공 스토리 말입니다.

역경에 대한 대응은 굴복하거나 극복하거나 둘 중 하나입니다. 역경을 이겨내지 못하고 굴복하는 가장 큰 이유는 목표와 방향에 대한 의구심이 자신감을 갉아먹기 때문입니다. 그러면서 게으름과 나약함이 마음속에 독버섯처럼 자라나 자포자기하게 되는 것이지요.

성공에 이르는 길의 이런저런 장애물들은 성공을 더욱 빛냅니다. 역경이 곧 성공에 이르는 경력이 되는 것이지요. 힘든 장애물이 있을 때 쉬어 갈 수는 있겠지만 무너져서는 안 됩니다. 게으름과 나약함을 부숴 버려야 합니다. 목표와 방향에 대한 신념을 다시금 굳건히 하여야 합니다. 재충전의 시간이라고 생각하면 쉽습니다. 잠시 쉬었다고 생각하고 다시 나아가야 합니다.

역설적으로 역경 속에 인생의 묘미가 있기도 합니다. 온실에서 재배된 채소와 노지에서 자란 채소의 차이가 무엇일까요? 온실 채소는 2% 부족합니다. 노지 채소에 비해 깊은 맛과 향이 떨어집니다. 보관할 때도 금방 시듭니다. 저 들판의 비바람이야말로 채소의 맛과 향을 깊게 하고 강인한 생명력을 갖게 한 원천이겠지요.

우리 인생도 그러합니다. 난관에 부딪혔을 때 우리는 이를 헤쳐 나가며 성취감을 맛봅니다. 때로는 이 성취감이 살아가는 용기와 희망이 되기도 합니다. 윈스턴 처칠의 말처럼 '연이 가장 높이 나는 것은 순풍일 때가 아니라 역풍일 때'입니다.

삶의 변곡점, 마음 다이어트가 필요해

칭기즈칸의 삶

집안이 나쁘다고 탓하지 말라.
나는 아홉 살 때 아버지를 잃고 마을에서 쫓겨났다.

가난하다고 말하지 말라.
나는 들쥐를 잡아먹으며 연명했고,
목숨을 건 전쟁이 내 직업이고 일이었다.

작은 나라에서 태어났다고 말하지 말라.
그림자 말고는 친구도 없고 병사는 10만,
백성은 어린애와 노인까지 합쳐 200만도 되지 않았다.

배운 게 없다고, 힘이 없다고 탓하지 말라.
나는 내 이름도 쓸 줄 몰랐으나
남의 말에 귀 기울이면서 현명해지는 법을 배웠다.

너무 막막하다고, 그래서 포기해야겠다고 말하지 말라.
나는 목에 칼을 쓰고도 탈출했고,
뺨에 화살을 맞고 죽었다 살아나기도 했다.

적은 밖에 있는 것이 아니라 내 안에 있었다.
나는 내게 거추장스러운 것은 깡그리 쓸어버렸다.
나를 극복하는 그 순간 나는 칭기즈칸이 되었다.

작자 미상

아픔의 무게는

다르다

사람들은 긍정적인 마음 상태 보다 슬픔, 분노, 원망, 후회, 좌절, 불안, 실망 등과 같은 부정적인 마음 상태에 빠지기가 더 쉽다고 합니다. 그래서 사람의 마음 상태를 표현하는 어휘 중에 부정적인 어휘가 많은 것도 따지고 보면 당연한 것인지도 모르겠습니다. 이런 마음의 상처를 보듬기 위해 우리는 서로 위로하고, 격려하고, 배려하는 행동을 합니다. 그런데 우리가 하는(또는 받는) 위로와 격려 등이 정말 마음의 상처를 말끔히 치유할 수 있을까요?

삶의 변곡점, 마음 다이어트가 필요해

가까운 사람이 몇 년을 준비한 시험에서 아깝게 탈락의 고배를 마셨습니다. 주변 사람들의 충격도 컸지만, 누구보다 당사자가 받은 충격이 가장 컸고, 엄청난 좌절감을 느껴야 했습니다. 옆에 있는 사람으로서 따뜻한 위로와 격려의 말을 건네지만 상대의 마음을 보듬기에는 역부족입니다. 그의 입장에서는 타인의 위로가 공허한 말의 성찬일 수도 있겠다는 자괴감이 듭니다. 나로서는 그가 입은 상처의 크기와 깊이를 짐작만 할 뿐이지 제대로 알 수는 없습니다. 나는 그가 아니니까요.

오스트리아의 철학자 비트겐슈타인Ludwig Wittgenstein은 사람은 누구나 자신만이 볼 수 있는 마음 상자에 '딱정벌레'를 가지고 있다고 말했습니다. 그런데 그 딱정벌레는 이름만 그렇게 붙여졌을 뿐 사람들마다 전혀 다른 것일 수 있습니다. 그리고 순간순간 그 딱정벌레를 소유한 사람이 정의하는 바에 따라 다른 그 무엇으로 변하기도 합니다. 심지어 마음 상자 안에는 딱정벌레가 없을 수도 있습니다. 그런데도 사람들은 서로의 마음 상자 속에 있는 딱정벌레에 대해 이런저런 이야기를 합니다.

그렇다면 우리들 각자의 마음 상자 속에 있는 딱정벌레를 좌절감으로 바꾸어 보겠습니다. 그 좌절감의 실체는 나만 볼 수 있고 다른 사람은 볼 수 없습니다. 나 역시 다른 사람의 마음 상자를 열어 그의 좌절감의 실체를 볼 수 없습니다. 따라서 나와 다른 사람의 좌절감이 동일하다고 볼 근거는 없는 것이지요. 내가 다른 사람의 좌절감에 대해 이러니저러니 하더라도 공감을 얻기 쉽지 않은 이유가 여기에 있는 것입니다.

셀레스트 헤들리Celeste Headlee는 그녀의 책 『말센스』에서 이를 잘 보여주고 있습니다. 셀레스트 헤들리는 CNN과 BBC 등에서 인터뷰어로 활약하고 있으며 TED 강연에 출연하여 1,300만의 조회수를 기록하는 등 가장 인기 있는 강사라는 평가를 받기도 합니다. 사람들이 그녀에게 묻습니다. "말을 잘하는 비결이 뭔가요?" 헤들리가 대답합니다. "말하고 싶은 욕구부터 참는 것입니다."

그리고 그녀는 이렇게 대답하게 된 경험 두 가지를 이야기합니다. 먼저, 그녀의 친구 아버지가 돌아가셨을 때 친구에게 위로가 될 것이라고 생각하고 자신도 아버지 없이 자란 이야기를 해주었습니다.

"내가 한 살도 안 되었을 때 아버지가 해군으로 근무 중이셨는데 배가 침몰해서 순직하셨지. 난 아버지 얼굴도 모르고 내내 아버지가 그리웠어."

그런데 그 말을 들은 친구는 헤들리에게 이렇게 쏘아붙이는 겁니다.

"그래 셀레스트 네가 이겼어. 너는 아버지 얼굴도 모르지만 나는 그래도 아버지와 최소 30년 이상을 함께했으니 너의 상황이 더 안 좋았던거야!"

셀레스트는 당황해서 말했습니다.

"그런 뜻이 아냐. 난 그저 너를 위로하고 싶을 뿐이야."

그러나 친구는 다시 말했습니다.

"아냐, 셀레스트. 너는 이해 못해. 너는 내 기분을 조금도 몰라."

셀레스트는 자신의 위로를 삐딱하게 받아들인 친구가 당황스럽고, 속이 상하기까지 했습니다. 하지만 셀레스트는 두 번째 경험을 통해 그 친구의 반응을 이해할 수 있었다고 합니다.

셀레스트는 어느 날 이혼을 준비 중인 친구와 전화로 긴 대화를 나누었습니다. 친구는 40분 동안 셀레스트에게 남편에 대해 화가 났던 일이며, 자신이 남편에게 했던 실수까지 이야기했습니다. 통화가 끝날 무렵 친구가 말했습니다.

"셀레스트 조언 고마워. 네 덕분에 문제가 조금 해결된 것 같아."

셀레스트는 그 말을 듣고 의아했습니다.

'조언이라니?'

40분간 통화하면서 셀레스트가 한 말은 딱 두 마디 말뿐이었습니다.

"힘들었겠구나, 참 안타깝다."

셀레스트는 그때 깨달았습니다. 아버지를 여읜 친구가 왜 그렇게 자신의 말에 민감하게 반응했는지를 말입니다. 대화 상대가 원하는 것은 그 아픔에 대한 조언이나 충고 같은 것이 아니라 말을 들어주는 것입니다.

상대가 힘들 때 으레 하는 위로와 격려의 말은 공감을 받기 어렵습니다. 그보다는 오히려 따뜻하게 한번 포옹해 주거나 어깨를 토닥여 주거나 한 번이라도 아쉬움의 눈물을 같이 흘려주는 것이 더 큰 힘이 됩니다.

내 얘기를 할 때는 얼마든지 내가 주인공이 돼도 좋습니다.
하지만 상대가 얘기할 때는 그 상대가 주인공이 돼야 합니다.
상대가 이야기하는 동안 마음껏 말할 수 있도록 나는 조연이 되어야 합니다.

셀레스트 헤들리, 『말센스』

상처받은 마음에
새살을
돋게 하려면

'이루지 못한 사랑은 아름답다!' 이 말은 진실일까요? 사람에게는 묘한 심리가 있습니다. 자기가 가지지 못한 것, 이루지 못한 사랑, 잡지 못한 기회, 흘려보내 버린 시간 등을 훨씬 더 좋은 것이라 생각합니다. 그러면서 여기에 집착해 후회하기도 하고, 아쉬워하기도 합니다.

이루지 못한 사랑이 아름답게 느껴지는 것은 이룰 수 없었기에 기억에서 지우지 못하고, 자꾸 생각하기 때문입니다. 그런 과정에서 혼자만의 생각으로 이런저런 상상력을 동원해 예쁘게 덧칠까지

하는 것이지요. 요컨대 이루어지지 못한 사랑은 진짜로 아름답기보다는 본인이 그린 이상적인 사랑의 모습일 뿐입니다. 낚시를 하면서 놓친 물고기가 더 크게 보이는 것도 같은 이치이겠지요. 이런 현상을 심리학에서는 자이가르닉 효과Zeigarnik effect로 설명하고 있습니다.

1920년대 독일 베를린의 한 레스토랑, 러시아 출신 심리학자 블루마 자이가르닉Bluma Zeigarnik은 흥미로운 현상에 주목하였습니다. 웨이터가 여러 사람의 복잡한 음식 메뉴 주문은 정확하게 기억하는데 비해 조금 전 식사를 마치고 나간 손님에 대해서는 얼굴조차 기억하지 못하더라는 것이지요. 이에 착안하여 연구한 결과, 완결되지 않은 문제는 계속해서 기억회로에서 되뇌고 있기 때문에 기억을 잘 해내는 반면, 과업이 끝난 문제는 기억회로에서 쉽게 지워진다는 이론을 발표하였습니다.

위에서 든 사례 말고도 우리가 평소 접하는 일 가운데 자이가르닉 효과로 설명될 수 있는 것들이 의외로 많습니다. 시험을 치르고 나서 틀린 문제가 훨씬 더 기억에 오래 남습니다. TV 드라마에서 재미가 최고조에 이를 즈음 '다음 편에 계속'이라는 자막을 띄우는 일, 경연 프로그램에서 최종 우승자 발표에 앞서 광고를 내보내는 일 등도 이를 응용한 것입니다. 이처럼 자이가르닉 효과를 잘 활용하면 긍정적인 측면이 부각될 수 있지만, 부정적인 부분도 무시할 수 없습니다. 서두에서 언급했듯이 과거에 이루지 못한 것들에 대해

삶의 변곡점, 마음 다이어트가 필요해

과도하게 의미를 부여하는 것은 결코 생산적이지 못합니다. 심하게 말하면 자기 위안 또는 착각을 스스로 합리화하는 것이지요.

사실은 이보다 더 심각한 문제가 있습니다. 바로 외상 후 스트레스 증후군입니다. 끔찍한 재난을 겪었거나, 폭행, 강간 등의 피해를 당했을 때, 이 기억은 악몽 속에서 수년간 반복해서 나타난다고 합니다. 심리적 충격이 너무 크기 때문에 기억의 회로 속에서 계속 반복되고 또 반복되는 것이지요.

외상 후 스트레스 증후군을 초래하는 자이가르닉 효과는 어떻게 극복하면 좋을까요? 우선은 주변의 가까운 사람들이 "괜찮아, 이제 다 끝났어"라고 위로하는 것입니다. 또는 가해자를 용서하고, 이제 그만 잊어 버리는 것이 좋겠다고 상담을 받을 수도 있습니다. 결국 괴로운 기억을 떨쳐버리고 '종결'하라는 것인데, 이런 방법들로 온전히 치유가 될 수 있을까요? 쉽지 않을 것 같습니다.

아픈 기억을 애써 외면하고 '괜찮아!'라고 해서 우리의 마음이 이를 그대로 받아들이기는 현실적으로 어렵습니다. 프랑스의 정신과 전문의 크리스토프 앙드레Christophe Andre가 말했듯이 실의에 차서 부정적인 마음이 꽉 차 있는 상태에서 그런 말을 한들 얼마나 도움이 되고 위안이 되겠습니까? 에어컨으로 실내온도를 일정하게 맞추듯이 항상 좋은 쪽으로 마음의 균형을 찾을 수는 없는 노릇입니다.

사람의 마음은 사방팔방 움직입니다. '괜찮아!'라는 말이 문제와 고통의 존재를 부정하는 것이라면 이는 오히려 상황을 더 악화시킬 수도 있습니다. 그래서 크리스토프 앙드레는 부정적인 마음 상태를 억지로 긍정하기보다 이를 담담하게 받아들이되, 말하기와 글쓰기 등을 통해 고통의 기억들을 정리하는 것이 오히려 마음을 평온하게 해 준다고 합니다.

한편, 부정적 자이가르닉 효과의 극복 방법을 찾는데 단초가 될 놀라운 연구결과가 있었습니다. 플로리다주립대학교의 로이 바우마이스트 연구팀이 실험을 통해 입증한 바에 따르면 '아직 해결하지 못한 과제들은 그것을 어떻게 다룰지에 대해 분명한 생각을 갖기 전까지만 우리를 괴롭힌다. 따라서 그 과제가 종결되지 않았더라도 어떻게 처리할지 계획을 세웠다면 종결된 것과 같은 효과가 있다'는 것입니다.

이 연구결과와 크리스토프 앙드레의 의견을 종합하면 해결책을 찾아낼 수 있습니다. 즉 아픈 기억들을 있는 그대로 보고, 그 아픔을 어떻게 극복할지 구체적인 계획을 글로 써 보는 겁니다. 그리고 하나씩 하나씩 계획을 실천하는 겁니다. 이렇게 하다 보면 조금씩 마음의 응어리도 풀릴 것이고, 할 수 있다는 자신감과 용기는 상처 입은 마음에 새살을 돋게 해 줄 겁니다.

슬픔은 사막을 걸어가는 낙타의 발자국과 같다.
뒤돌아보니 저 멀리 걸어온 발자국이 희미해진 것처럼
시간이 흐르면 슬픔도 옅어지기 마련이다.
슬픔을 달래는 가장 좋은 약은 시간이다.

사이토 다카시, 『한 줄 내공』

'마지막 기회'라는

덫

동네의 조그마한 가게에서 야채와 과일을 파는 친구가 있습니다. 가끔 지나가는 길에 들러 필요한 것도 사고, 손수 타 주는 커피를 마시기도 합니다. 이 가게에서는 저녁 무렵 재미있는 일이 벌어집니다. 상대적으로 판매가 저조한 채소나 과일을 의도적으로 매장의 진열대에서 치웁니다. 그러고는 가장 눈에 잘 띄는 장소에 그 상품을 소량만 진열하고 '오늘 떨이 상품'이라는 팻말을 놓아둡니다. '떨이 상품'으로 내놓은 채소나 과일의 양은 직전에 팔던 것보다 조금 더 늘려둡니다. 예를 들면 한 무더기에 15개였던 감귤을 17개로 늘리는 식으로 말입니다. 그러면 희한하게도 그 '떨이 상품'이 금세 나가고 주인은 그만큼의 양을 채워 다시 '떨이 상품'으로 판매하는 것이지요.

이것은 사장의 속임수일까요? 아니면 상술일까요? 지켜본 바로는 적어도 속임수는 아닙니다. 오히려 물건을 사는 사람의 입장에서는 떨이 상품을 사서 원래보다 2개의 감귤을 더 가질 수 있기 때문에 이익이고, 가게 주인의 입장에서도 물건이 많이 팔려서 좋은 것입니다. 그렇다면 이제까지 판매가 부진했던 상품이 왜 '떨이 상품'으로 잘 팔릴 수 있을까요? 종전과 같은 가격임에도 한두 개 더 얹어주는 것이 이유일 수도 있겠지만, 그것보다는 사람의 심리를 이용한 상술이 통한 것으로 보는 것이 더 합당합니다. '떨이'라는 말은 '이것이 팔리면 더 이상 팔 물건이 없습니다. 그러니 지금이 살 수 있는 마지막 기회입니다'라는 의미입니다. 바로 그 물건의 희소성을 최대한 내세워 상품을 사도록 마음을 움직이게 하는 것이지요. 사람들은 일단 희소한 것에 가치를 부여합니다.

그런데 '희소한 기회'의 덫에 걸리는 경우도 있습니다. L씨는 은퇴 후를 생각해서 교외에 전원생활을 할 만한 땅을 찾고 있습니다. 장기간의 발품과 노력으로 후보지가 될 만한 땅을 하나 찾았습니다. 입지나 땅의 규모 등은 마음에 들었지만, 그 땅을 중개한 부동산 업자가 제시하는 가격이 조금 비싼 것이 흠이었습니다. L씨는 가격을 조금이라도 낮출 요량으로 계약에 뜸을 들였습니다. 그러자 부동산 업자가 이야기합니다. "이런 땅 찾기 쉽지 않습니다. 살려는 사람이 줄을 서 있어요. 계약을 미루다가 다른 사람에게 빼앗겨 후회하지 마시고 바로 계약하시죠." 부동산 업자의 이야기를 들을 때마다 L씨의 마음은 흔들렸고, 조바심이 났습니다. 결국 L씨는 그 땅을 매입하고 말았습니다. 그런데 얼마 지나지 않아 매입한 땅의 인근 지역에 더 좋은 가격, 더 좋은 입지의 땅이 매물로 나온 것입니다. L씨 입장에서는 참 억울하고 약이 오를 일이지요.

이처럼 희소성의 가치가 '마지막 기회'와 결합되면 사람들은 어리석은 판단과 결정을 할 가능성이 커집니다. 또 다른 기회가 있음에도 마지막이라고 착각하게 하는 근저에는 결국 탐욕이 도사리고 있습니다. '지금 잡지 않으면 영원히 기회가 없을 거야'라는 생각이 잘못되었습니다. 오늘을 끝으로 사라지는 기회가 과연 얼마나 있을까요? 정말 어지간한 것이 아니면 기회는 다시 오기 마련입니다. 가치 있는 일일수록 '마지막 기회'라는 말에 함부로 현혹되어서는 안 됩니다.

자신이 성취하여야 할 중요한 일을 위해 노력하는 과정에서 '마지막 기회'라고 생각하고 자신의 온 힘을 쏟는 것은 다른 차원의 문제입니다. 그것은 성취에 이르는 결연한 의지를 나타내는 것입니다. 예를 들어 나이나 경제적 형편 등과 같은 제약 조건으로 인해 이번 기회가 아니면 더 이상 어떻게 해 볼 수 없는 그런 경우 말입니다. 두 번 다시 오지 않을 기회이니까 이번에 반드시 이 기회를 잡아야 한다는 탐욕과는 엄연히 다른 것입니다.

지금 '마지막 기회'라고 생각하는 것이 과연 어떤 것인지 스스로 물어볼 필요가 있습니다. 보기에 따라 그것이 탐욕으로 비칠 수도 있고, 결연한 의지로 보일 수도 있습니다. 탐욕이 앞선 '마지막 기회'는 후회의 덫입니다. 그 '마지막 기회'는 결연한 의지로서 승부하는 희망의 디딤돌이 되어야 합니다.

내일도 태양은 뜬다After all, tomorrow is another day

마지막 기회를 잡을 수 없었더라도
새로운 기회는 잡을 수 있는 것이다.
기회를 놓쳤다고 실망하지 말자.
기회는 다시 온다!

영화 <바람과 함께 사라지다>

이만하면 됐어,
만족하며 살자

서 있으면 앉고 싶고, 앉으면 눕고 싶고, 누우면 잠들고 싶고, 잠들면 꿈꾸고 싶은 것이 사람의 마음이라고 합니다. 뭔가 더 가지려는 것, 더 하려는 것, 더 좋아지기를 바라는 것. 이런 마음을 욕심이라고 할 수 있습니다.

욕심 없이 살 수는 없습니다. 생리적, 심리적 욕심은 삶을 유지하는 기본입니다. 누구나 자신의 생명을 지켜야 하고 사회적 존재가치를 인정받고 싶어 합니다. 그런데도 욕심을 멀리하라고 합니다. 어렵습니다. 욕심을 내려놓으라는 말은 공허합니다. 성현이나

삶의 변곡점, 마음 다이어트가 필요해

도덕군자가 아닌 한 욕심에 초연할 수 없는 것이 사실입니다.

그렇다면 욕심을 어떻게 이해하고 관리하는 것이 좋을까요? 욕심이 인간의 본성에 맞닿아 있다는 인식에서부터 출발해야 합니다. 그런 다음 욕심을 어느 정도 선에서 통제할 수 있는지를 따져 보아야 합니다. 스스로 생각하기에 '이만하면 되겠어'라고 할 수 있는 선을 찾아야 한다는 것이지요. 그 선을 넘어 계속 욕심을 갖는 것은 과욕이자 탐욕입니다.

그런데 문제는 욕심이 탐욕으로 바뀌는 선을 어떻게 정하느냐는 것입니다. 사람들 각자의 성향이나 처한 여건 등에 따라 다르겠지만, 두 가지 기준을 생각할 수 있습니다.

먼저, 애초에 정했던 목표가 있다면 그것이 첫 번째 기준입니다. 예를 들어 '10억 원의 재산을 모으겠다'라든지 '회사의 임원 자리까지 승진하겠다' 등의 목표가 있었다면 그 목표에 도달하기까지는 할 수 있는 모든 노력을 다해야 합니다. 그러나 목표에 도달한 다음부터는 그 이후에 일어날 일들을 덤이라고 생각하고 더 이상은 아등바등하지 말자는 겁니다. 사실 아등바등한다고 될 일도 아닙니다. 어쩌면 마음 편히 덤이라고 생각하면 일이 더 잘 풀리기도 하니까요.

다음으로 생각해 볼 수 있는 기준이 자신의 능력 범위입니다. 밥새는 황새가 될 수 없습니다. 자기 분수를 냉정하게 파악하고 이를 잘 지키는 겁니다. 능력의 범위에 대한 워런 버핏의 말은 새겨둘 가치가 충분합니다.

"능력의 범위를 파악하라. 그리고 그 안에 머물러라. 그 범위가 얼마나 큰지는 중요하지 않다. 그러나 그 범위의 경계가 정확히 어디까지 뻗어있는지를 아는 것은 매우 중요하다."

물론, 능력의 범위는 변할 수 있습니다. 본인의 노력 여하에 따라 더욱 확장될 수 있는 것입니다. 능력의 범위에 따라 목표도 달리 설정할 수 있고, 새로운 목표 달성을 위해 노력할 수도 있습니다. 이는 탐욕이 아닙니다.

행복의 반대말은 불행이 아니라 불만입니다. 불만스런 마음에 무엇인가를 자꾸 요구하거나 원하면서 탐욕의 늪으로 빠져드는 것입니다. 탐욕의 늪에서 헤어나지 못하면서 스스로 화를 자초하는 것이지요.

작은 것에 만족할 줄 모르는 자는 그 어떤 것에도 결코 만족할 줄 모릅니다. 자신이 할 수 있는 능력의 범위 내에서 목표를 이루었다면 '이 정도면 되었어'라고 만족하여야 합니다. 조금 부족하면 어떻습니까. 다 마음먹기에 달린 것입니다.

어느 쪽에 더 마음이 가십니까?
성공해서 만족하는가?
아니면 만족했기 때문에 성공한 것인가?

마음먹은 대로

~~~~~~~~~~~~

일체유심조一切唯心造. 세상일은 마음먹기에 달린 것입니다. 묘한 것이 사람의 마음입니다. 같은 사안 하나를 두고 마음먹기에 따라 좋은 것으로 생각할 수도 있고 나쁜 쪽으로 생각할 수도 있습니다.

재미있는 이야기가 있습니다. 아버지와 아들이 사막 여행을 하고 있었습니다. 두 사람은 서로를 의지하며 부지런히 걸음을 옮겼지만, 계속되는 무더위로 이내 지치기 시작했습니다. 마실 물과 음식까지 떨어졌고 사막은 끝이 보이지 않았습니다. 아들은 조금씩 두려워졌습니다. 그때 두 사람 앞에 무덤 하나가 보였지요. 아들은 불안한 목소리로 물었습니다.

"아버지! 우리도 저렇게 되지 않을까요?"

"아들아, 소망을 가져라. 무덤이 있다는 것은 근처에 마을이 있다는 증거란다. 남은 힘을 다해 찾아보자." 아버지는 소망의 말로 아들을 다독거렸습니다.

얼마 후 두 사람은 정말로 마을을 찾아냈고 피곤한 몸을 쉴 수 있었습니다. 똑같은 무덤을 보며 아들은 죽음을 생각했고, 아버지는 소망을 생각했습니다. 소망이 없었다면 두 사람이 마을을 찾아낼 수 있었을까요?크리스천투데이, 2010.3.15., 김성광 칼럼 「생각을 바꾸면」

위의 이야기에서처럼 사막에 있는 무덤을 어떤 틀로 바라보느냐에 따라 전혀 반대의 결과가 나타납니다. 심리학에서는 이런 마음의 현상을 프레이밍 효과framing effect로 설명하고 있습니다. 프레이밍 효과는 문제의 표현 방식에 따라 동일한 사건이나 상황임에도 불구하고 개인의 판단이나 선택이 달라질 수 있는 현상을 말합니다.

노벨 경제학상을 받은 최초의 심리학자 대니얼 카너먼Daniel Kahnemon 교수가 그의 책『생각에 관한 생각』에서 든 비유가 재미있습니다. 수술 한 달 후 생존율을 90%라고 합시다. 이것은 다시 말해 수술 후 한 달 내 사망률은 10%라는 뜻이기도 합니다. 마찬가지로 통조림 고기가 90% 무지방이라는 말은 지방 함유 10%와도 같은 의미입니다. 그런데 사람들은 수술 후 생존율 90%와 무지방 90%

삶의 변곡점, 마음 다이어트가 필요해

고기를 더 긍정적이고 매력적으로 인식한다는 것입니다. 바로 이런 심리 현상은 상품의 마케팅에 이용되거나, 정치적 동원을 위한 도구로 사용되기도 합니다.

이런 프레이밍 효과를 이용한 언어의 변신이 가히 놀랍습니다. 우리는 흔히 위기 상황에 처하면 그 상황이 기회일 수도 있다고 합니다. 버스 정류장이 집에서 조금 먼 거리에 있는데 이를 불평하기보다 평소에 운동을 못하니 오히려 잘 되었다고 생각합니다. 개구리가 가만히 엎드려 있으면 더 멀리 도약하기 위해 힘을 비축하고 있다고 해석하고, 모처럼의 휴일에 비가 온다면 지긋지긋한 미세먼지가 비에 씻길 것이라고 스스로를 위안하는 것도 같은 맥락입니다. 이처럼 마음의 틀을 어떻게 잡느냐에 따라 세상을 보는 시각이 달라질 수 있습니다.

카너먼 교수가 그의 책 『생각에 관한 생각』에서 든 예들은 사람들이 직관적 인식의 한계로 합리적이지 못한 의사결정을 한다는 것을 보여줍니다. 그런데 직관적 인식의 한계야말로 우리가 가지고 있는 마음의 근본 속성입니다. 우리의 마음이 변화무쌍하고, 깃털처럼 가볍고, 때로는 종잡을 수 없이 흔들린다는 것이지요.

야구 경기를 예로 들어 보겠습니다. 내가 응원하고 있는 팀이 지고 있는 상황에서 9회 말 투아웃, 주자는 없습니다. 경기를 하는 두 팀 못지않게 내 속에는 두 개의 마음이 치열하게 맞서고 있습니다. '경기는 졌어. 그냥 자리 털고 일어나 가야지'라는 생각과 '끝날 때까지 끝난 것이 아니야. 마지막 기회가 아직 남아 있어'라는 생각 말입니다. 경기를 그만 보고 자리에서 일어나면 '졌다'라는 아쉬움이 엄습하고, 그렇다고 계속 앉아 있어 보았자 대세는 이미 기울었다는 허탈한 마음을 떨쳐버릴 수가 없습니다. 이럴 때는 내 속의 '나'가 진정 원하는 것이 무엇인지 스스로도 잘 모릅니다.

역설적이긴 하지만, 바로 이런 이유 때문에 우리는 가급적 상처를 입지 않고 용기를 불러일으킬 수 있는 마음의 틀을 갖추어야 하는 것인지도 모르겠습니다. '오늘 경기는 졌지만, 다음 경기의 승리를 위한 예방주사를 맞은 거야'라는 마음먹기처럼 말입니다. 내 마음이 평화로우면 세상 역시 평화롭게 보이고, 마음이 어지러우면 세상도 어지럽게 보입니다.

제임스 알렌James Allen 작가의 통찰력 있는 말은 고개를 저절로 끄덕이게 합니다.

'사람을 성공으로 이끌거나 파멸시키는 것은 다름 아닌 그 자신이다. 생각이라는 무기고에서 우울함과 무기력과 불화 같은 무기를 만들어 자신을 파멸시킬 수도 있고, 환희와 활력과 평화가 넘치는 천국 같은 집을 지을 도구를 만들 수도 있다.'

Dream is now here. VS Dream is no where.
Impossible. VS I'm possible.

삶의 변곡점, 마음 다이어트가 필요해

버리고, 비워야
채워진다

일상에서 가장 많이 듣는 단어 중 하나가 정리정돈입니다. 어쩌면 우리는 살아오면서 일종의 규범으로서 정리정돈을 당연한 것으로 받아들여 왔습니다. 정리정돈의 사전적 의미는 '흐트러진 물건 따위를 한데 모아 가지런히 하여 질서 있게 하는 것'을 의미합니다. 그런데 정리와 정돈은 비슷하기는 하지만 의미가 다릅니다.

『지식생산의 기술』이라는 책을 쓴 우미사오 다다오梅棹忠夫, 전 교토대 교수가 이를 명쾌하게 설명하고 있습니다. 정돈은 난잡하게 흐트러져 있는 것들을 눈에 거슬리지 않게 깨끗하게 치워놓는 것이고, 정리는 필요할 때 언제든 찾아 쓸 수 있도록 유목별로 가지런히 준비해 둔다는 의미라고 합니다. 요컨대 정리가 '기능의 질서'를 의미한다면 정돈은 '형식의 질서'를 의미하는 것입니다.

예를 들어 보겠습니다. 막 이사를 했는데 방바닥 여기저기에 책 꾸러미들이 흩어져 있습니다. 이 책들을 책장으로 옮겨 모아 꽂아 두는 것은 정돈이라 할 수 있겠지요. 그런데 이 책들을 책장에 모아서 그냥 꽂아 둔다고 하면 내가 원하는 책을 찾는 데 시간과 노력이 소모됩니다. 효율적이지가 않습니다. 그래서 형식적인 정돈에 더해 정리가 필요합니다. 예를 들어 서가 1단에는 취미생활과 관련된 책들을 꽂아두고 2단에는 인문학 도서를 그리고 3단에는 소설과 같은 문학 서적을 비치하는 것이지요.

작업장의 경우도 마찬가지입니다. 집게류, 절삭류, 천공류, 밸브류, 나사와 못류 등으로 분류해서 정리해 두면 공간의 체계적 활용은 물론이고, 작업의 효율도 훨씬 높아집니다. 사실, 다른 사람의 서재나 작업실이 단순한 정돈을 넘어 이처럼 일목요연하게 정리정돈된 것을 보면 그 사람의 품격과 프로다움을 강하게 느낍니다. 정리정돈이 주는 힘입니다. 조금 더 생각해 보면, 비단 물건뿐만 아니라 사람들과의 관계나 우리의 마음에도 정리정돈의 의미를 적용할 수 있습니다.

먼저, 인간관계를 봅시다. 요즘 세상에서 온전히 밥 벌어먹고 살기 위해서는 어쩔 수 없이 수많은 관계가 필요합니다. 그러다 보니 얽히고설킨 사회적 관계망이 사람의 능력을 평가하는 하나의 지표가 되기도 합니다. 그러나 그 관계의 복잡성과 잡다함은 필연적으로 사람을 피곤하게 만듭니다. 따라서 이것 역시 정리정돈이 필요합니다. 염세주의자나 은둔자가 돼라는 의미가 결코 아닙니다. 집 안의 물건들을 정리정돈 하듯이 주변과의 관계도 담백해져야 한다는 의미입니다. 꼭 필요한 것이 아니라면 새로운 관계를 만드는 것에 신중해야 합니다. 혹여 관계가 만들어지더라도 그것이 집착의 대상이 되면 곤란합니다. 이미 만들어진 인간관계도 자신의 삶에서 어느 정도의 의미가 있는지를 따져 담백하게 정리정돈할 필요가 있습니다.

마음 또한 마찬가지입니다. 생각의 편린들이 거친 바람 앞의 수증기처럼 명멸할 때가 있습니다. 사람의 마음은 묘해서 생각을 그만두려고 하면 오히려 그 생각에 더욱 사로잡히게 됩니다. 마치 흰곰을 생각하지 말라고 하면 더욱 흰곰을 생각하는 것처럼 말이지요. 잡념으로 마음이 어지러우면 올바른 판단이나 사고에 문제가 생길 수밖에 없습니다. 흔히 마음을 다스리는 일이 가장 어렵다고 합니다. 잡념들을 통제하기가 쉽지는 않지만, 앞서 물건들을 유목별로 정리하듯이 생각들도 덩어리로 나누어 구분하다 보면 조금씩 정리의 실마리를 찾을 수 있을지 모르겠습니다.

그런데 이처럼 정리정돈이 좋다는 것을 알지만, 잘 실천하지 못하는 이유가 뭘까요? 천성이 게을러서 대충 사는 사람도 있을 겁니다. 이런 사람은 천성을 바꾸지 않는 한 정리정돈과는 거리가 먼 사람입니다. 문제는 정리정돈을 해야 할 것들이 너무 많을 때입니다. 한정된 공간에 잡다한 물건들이 많은 경우에는 정리정돈에 한계가 있기 마련입니다. 정리정돈을 했음에도 티가 나지 않을 수도 있습니다. 잡다한 물건 하나하나가 꼭 필요한 것이고, 늘 사용하는 것이라면 이것 역시 어쩔 수가 없겠지요. 그렇지만 대개의 경우 잡다한 물건들 중에서 상당수는 오랫동안 사용하지 않거나 심지어는 눈길조차 주지 않은 것일 때가 많습니다. 그냥 버리기는 아깝기 때문일 겁니다. 집착입니다.

정리정돈을 잘하기 위해서는 우선 주변의 잡다함을 단순함으로 바꾸어야 합니다. 캐런 킹스턴Karen Kingston이 쓴 책 『아무것도 못 버리는 사람』은 적지 않은 깨달음을 줍니다. 정리정돈이 잘된 모습을 보면서 사람들은 일반적으로 심리적 안정감을 느끼지만, 그렇지 못한 모습은 어떤 식으로든 불편하게 합니다. 요컨대 정리정돈 되지 않은 잡동사니들은 불편한 에너지를 방출하므로 그 공간 속에 있는 사람에게까지 부정적인 영향을 미칩니다. 버릴 것은 버리면서 주변을 정리정돈 해야 그 속에서 좋은 기운을 받을 수 있다는 겁니다.

인간관계가 복잡하다는 것은 그만큼 집착의 대상이 크다는 것을 보여 주는 것이겠지요. 모든 번뇌와 갈등은 바로 이 집착에서 비롯됩니다. 캐런 킹스턴이 말한 바로 그 '나쁜 기운' 말입니다.

나이가 들수록 꽉 차 있는 것보다 조금은 비워진 것을 보는 느낌이 좋습니다. 정리정돈은 버림과 비움일지도 모르겠습니다. 이제 채우는 것보다 하나씩 비우거나 버리는 데 익숙해져야 할 때인 것 같습니다.

자신을 알기 위해서는 정리를 하는 것이 가장 빠른 지름길이다.
자신이 갖고 있는 물건은 자신이 어떤 선택을 해 왔는지
선택의 역사를 정확히 보여 준다.
정리는 자신에 대한 '재고 조사'다.

곤도 마리에, 『정리의 힘』

아침에 일어나

이부자리 정리했나요?

몇 해 전 학생들을 대상으로 한 강연 제의가 들어왔습니다. 강의 내용은 인생의 선배로서 사회 진출을 앞둔 학생들에게 해 주는 조언이었습니다. 학교 측의 간곡한 요청으로 수락은 했지만 부담스러웠습니다.

학생들이 들어 뻔한 이야기를 해 본들 오히려 귀한 시간을 뺏는 결과가 되기 때문이지요. 나름 열심히 준비한 강의라 하더라도 그저 그런 내용이라면 강의시간이 학생들의 부족한 수면시간을 보충해 주는 꼴이 될 수도 있겠다는 두려움 또한 없지 않았습니다. 사실 그러한 내용의 훌륭한 강의들이야 인터넷으로 잠시만 검색해도 수두룩하게 찾을 수 있는 세상이니까요.

며칠 동안 관련 서적을 찾아보고 인터넷에 올려져 있는 동영상 강의도 서핑하면서 고민했습니다. 그러던 중 동영상 하나가 눈에 들어왔습니다. 바로 미국의 특전사령관 윌리엄 맥레이븐William H. McRaven이 2014년 자신의 모교인 텍사스주립대학교에서 한 졸업 축사 영상이었습니다.유튜브 채널 'poke poke', 4월에 업로드된 이 동영상은 『침대 부터 정리하라』라는 책으로도 출간되었다.

영상은 매우 감동적이었습니다. '침대부터 정리하라'는 다소 도발적인 제목에 이끌려 보게 되었는데, 영상을 보면서 내가 왜 이 동영상을 보게 되었는지를 잊을 정도로 빠져 들었습니다. 영상을 시청하는 내내 내가 그 졸업식장의 청중이 된 듯한 기분이었습니다. 영상을 다 보고 나서 곰곰이 생각해 보았습니다.

'다른 사람들에게도 감동을 줄 수 있을 거 같아. 학생들과 영상을 먼저 공유하고, 내 생각을 학생들에게 이야기해 주기로 하자'

이미 그 영상을 본 학생들도 있겠지만, 한 번쯤 더 보는 것도 의미가 있을 거라 생각했습니다. 결과적으로 그날 학생들의 반응 역시 나쁘지는 않았던 것 같습니다.

맥레이븐 제독은 축사 첫머리에서 "세상을 변화시키고 싶은가? 침대 정돈부터 제대로 하라"라고 말합니다. 하루의 첫 과업인 침대 정돈을 제대로 해야 그날의 다른 과업들을 수행할 수 있게 되고, 비록 그날 비참한 일을 당했더라도 정돈된 침대는 내일에 대한 용기를 줄 것이라고 이야기합니다. 그리고 이어지는 미 해군 특수부대 SEAL의 훈련을 소개합니다. 잘 알려진 것처럼 세계 최강 특수부대 SEAL의 훈련과정은 인간의 한계를 시험하는 것입니다. 상어가 득시글거리는 바다, 살얼음 낀 갯벌에서 살아남아야 합니다. 살아남기 위해 가장 필요한 것은 '성공하려는 의지'라고 강조합니다. 그리고 맥레이븐은 말합니다. '희망의 힘'이 세상을 변화시키고, 그 변화는 작은 일을 제대로 하면서 하루를 시작하는 데서 출발한다는 것을.

맥레이븐 제독이 강조한 것은 결국 '기본을 지켜라'는 것입니다. 자신의 침대 하나도 제대로 정돈할 수 없는 사람이 세상을 변화시킬 수는 없는 노릇이지요. 세상은 결코 아름답지만은 않습니다. 곳곳에서 상어들이 호시탐탐 먹잇감을 노리는 바다 같은 곳이기도 합니다. 우리는 이미 그 바다에 나가 있거나, 장차 나가야 합니다.

험난한 곳일수록 생존의 제1원칙은 기본을 지키고 튼튼히 하는 것입니다. 침대 정돈 같은 사소한 일이 뭐 그리 중요하냐고요? 아닙니다. 정말 중요합니다. 사소해 보이기 때문에 기본을 놓치는 경우가 많습니다. 실패는 바로 거기서 시작됩니다. 기본이 지켜지면 위기의 순간에 처하더라도 침착하게 대응할 수 있는 여유와 힘이 생깁니다.

일본 굴지의 전자, 정보 기기 제조회사인 교세라를 창업하고,

2010년 파산한 일본항공을 13개월 만에 흑자로 돌리는 등 일본에서 '살아 있는 경영의 신'으로 불리는 사람이 있습니다. 바로 이나모리 가즈오 회장입니다. 자타가 인정하듯 이나모리 가즈오 회장의 성공신화는 매사에 기본을 중시한 결과입니다.

기본을 지키는 경영

거짓말하지 마라.
정직하라.
욕심부리지 마라.
다른 사람에게 폐를 끼치지 마라.
남에게 친절히 대하라.

어릴 적 부모님이나 선생님에게 배운,
인간으로서 당연히 지켜야 할 규칙들,
그런 것을 규범 삼아 경영하면 됩니다.

이나모리 가즈오, 『이나모리 가즈오의 왜 사업하는가』

어쨌든

살아가야 한다

소설 『어린 왕자』를 쓴 생텍쥐페리Antoine Marie Jean-Baptiste Roger de Saint Exupéry에게는 동료 비행기 조종사인 앙리 기요메Henri Guillaumet라는 절친한 친구가 있습니다. 생텍쥐페리는 1939년에 실화를 바탕으로 출간된 소설 『인간의 대지』 서두에 "동료 앙리 기요메, 나는 이 책을 그대에게 바친다!"라고 썼습니다.

『인간의 대지』에서 앙리 기요메는 어느 겨울, 우편물 수송 비행기를 조종하여 남미 안데스 산맥을 횡단하다가 산악에 추락합니다. 동료들이 5일간 수색을 벌이지만 발견하지 못했습니다.

기요메는 영하 40℃의 눈보라 속에서 살기 위해 사력을 다했습니다. 기진맥진하여 눈밭에 드러누운 순간 문득 혼자 남게 될 아내가 생각났습니다. 여기서 죽는다면 자신의 시신이 눈 속에 파묻혀 실종처리될 것이 뻔했기 때문입니다. 당시 법에 따르면 공식 사망으로 인정되기까지 4년 동안 아내는 단 한 푼의 보험금도 받을 수 없는 처지가 됩니다.

　그래서 그는 자신의 시신이 조금이라도 잘 발견될 수 있도록 50m 전방에 보이는 바위 위까지 가기로 하고 힘을 냅니다. 일단 자리에서 일어서자, 희미한 의식 속에서도 기요메는 걸음을 멈추지 않았고 기적처럼 자신의 힘으로 생환합니다. 생텍쥐페리는 기요메의 생각을 이렇게 서술합니다.

　'내 아내는 생각하겠지. 만약 내가 살아 있다면 걸을 거라고. 동료들도 내가 걸을 거라고 믿을 거야. 그들은 모두 나를 믿고 있어. 그러니 걷지 않는다면 내가 나쁜 놈인 거야.'

　나 자신에게, 나를 사랑하는 사람들에게 그리고 이제까지 나와 이런저런 관계를 맺어왔던 모든 사람들에게 가져야 할 최고의 책임은 '살아가는' 것입니다. 찰리 채플린은 영화 <라임라이트 Limelight>에서 말합니다. "인간에게는 죽음과 마찬가지로 피하지 못하는 것이 있다. 그것은 바로 살아가는 것이다"라고.

　불가항력의 모진 수렁에 처하더라도 솟아날 구멍이 있다면 그것을 찾기 위해 할 수 있는 모든 노력을 다해야 합니다. 지금 정말로 죽을 만큼 힘이 든다면 다시 마음을 다잡아 봅시다. '더 이상 어떻게 해 볼 도리가 없어!'가 아니라, '그래! 한 번 더 힘내 보는 거야!'라고요.

또 하나의 감동적인 실화가 있습니다. 스티븐 캘러핸Steven Callahan의 대서양 표류기입니다. 캘러핸은 선박 설계, 연구, 컨설팅과 해양 안전을 전문으로 하는 'S. P. 캘러핸 & 어소시에이츠'의 대표입니다. 1982년 자신의 모든 재산을 쏟아부어 건조한 배 '나폴레옹 솔로'호를 타고 대서양 항해를 나선 지 6일 만에 배가 고래에 부딪혀 침몰하게 되는데, 이후 지름 1.5미터의 원형 고무 구명정에 의지해 76일간 바다를 표류하다가 극적으로 구조됩니다.

표류 11일째, 2월 15일

구명선 살이 열하루 째다. 하루하루가 지날수록 나는 더 무기력해진다. 매일같이 오늘 좌절의 끝을 경험했다고 생각하지만, 다음 날이면 더 깊은 절망에 빠질 뿐이다. 내게 남은 기회, 체력, 항로와 떨어진 거리를 계산하며 시간을 보낸다.

표류 52일째, 3월 28일

어둠으로부터 온 유령들이 나를 밑으로 잡아 끌어내린다. 나는 추락하고 있다. 때가 왔다. "안 돼!" 나는 고함쳤다. "그럴 수 없어! 싫어!" 그대로 내버려 둘 수는 없다. 눈물이 얼굴을 타고 흘러내려 몸을 흠뻑 적신 바닷물과 뒤섞였다. 죽는다. 그것도 곧… 대답해 봐, 그래… 뭘 원하는지! 바로 그거야, 살고 싶다고, 극도의 고통과 공포에도 불구하고 앞으로 무슨 일을 만나든지 간에, 나는 온몸을 흔들며 흐느꼈다. "나는 살고 싶어, 살고 싶어."

스티븐 캘러핸, 『표류, 바다가 내게 가르쳐 준 것들』

이렇게 캘러한은 사용보증기간이 40일인 허술한 구명보트에 의지해 장장 76일을 버티고 살아서 돌아옵니다. 폭풍우 속에서 생선 날고기와 빗물, 그리고 조악한 바닷물 증류기로 모은 미량의 증류수 등을 섭취하면서 말입니다. 표류 과정에서 그가 직면했을 순간순간의 공포와 좌절감은 상상하기조차 힘듭니다.

그의 표류기를 보면서 인간의 위대함을 한번 더 생각합니다. 삶에 대한 불굴의 의지와 숱한 시련에도 살아남기 위해 죽을힘을 다한 캘러한이야말로 진정한 영웅이 아닐까요? 그 자신이 고백하듯이 그의 경험이 비행기 충돌 또는 선박 사고의 희생자뿐만 아니라 치명적인 질병에 걸린 사람들 등에게도 용기와 희망을 불러일으켜 주니까요.

나는 내 운명의 지배자, 내 영혼의 선장

윌리엄 어니스트 헨리(William Ernest Henley)의 시, 「인빅터스」

지혜, 비로소 보이는 것들

이제까지 내가 알았거나 알고 있는 것들에 대한 자신감이 점점 약해집니다. 깃털처럼 가볍고 얄팍한 지식으로 기고만장했던 것이 부끄럽기조차 합니다. 이 모든 것은 결국 근거 없는 자만심이 빚어낸 결과입니다. 깊이 있는 생각과 공부가 부족한데도 말입니다. 지식과 지혜는 무게와 깊이가 다릅니다. 곰곰이 생각해 보면 우리는 지식과 지혜를 구분하지 않고 같은 것이라 착각하고 있었던 것은 아닐까요? 어쩌면, 얄팍하게 얻은 책상머리 지식이 치열한 삶의 과정에서 체득한 지혜보다 더욱 높이 평가되고 있는지도 모르겠습니다.

삶을 의미 있게 살기 위해서는 지식보다 지혜가 중요합니다. 예를 들어 사람을 칭찬하거나 질책할 때, 자신이 가진 지식에만 의존하는 경우와 학문적 지식은 조금 부족하더라도 깊이 있고 묵직한 지혜에 근거하는 경우는 그 울림의 크기가 다릅니다. 지혜로운 칭찬과 질책이야말로 진정으로 상대의 마음을 움직일 수 있음을 이제야 알 것 같습니다. 지적 갈증과 호기심을 넘어 비로소 보이는 지혜를 찾고 갈무리하는 것, 이것이야말로 앞으로 해야 할 가장 중요한 마음공부이지 싶습니다.

삶은

흐르는 강물이고

건너야 할 사막이다

집 근처에 금호강이 있습니다. 마음이 어지러울 때, 책을 보다가 잠시 쉬기 위해 갈대와 잡목이 무성한 강변을 거닙니다. 그러다 우두커니 서서 흐르는 강물을 응시합니다. 유유자적 흐르다가도 여울을 만나면 흐름이 빨라져 자갈돌을 때리는 물소리가 요란합니다. 그리고 고요한 소沼에 이르러 쉬었다가 다시 제 길을 갑니다. 우리의 삶도 저 물과 비슷하다고 생각할 때가 많습니다.

굽이쳐 흐르는 강물처럼 우리의 삶에도 굴곡이 있습니다. 장담하건대 그 누구도 일직선의 단조로운 삶은 없습니다. 살아가다 보

삶의 변곡점, 마음 다이어트가 필요해

면 평탄한 길이 있는가 하면 오르막, 내리막도 있는 것이지요. 비단
길이나 꽃길도 있지만 가시밭길을 걷기도 합니다. 때로는 콩 볶듯
바쁘게 살다가도 여유로운 시간을 즐기기도 합니다. 사람들 틈에
서 이리저리 휩쓸리는 인생사에 고달파하면서도 어느 순간 사람이
그리워지기도 합니다. 어찌 되었든 삶은 이렇게 흘러가는 것이겠
지요.

삶을 바라보는 시각은 모두 다릅니다. 어떤 사람은 바다의 항
해에 비유하기도 하고, 또 어떤 사람은 사막을 건너는 것이라 말하
기도 합니다. 바다나 사막은 인간의 기준으로 보면 가장 혹독한 환
경이고 여러 가지 역경과 시련을 안기는 곳입니다. 따라서 이런 비
유들은 역경과 고난을 이겨내는 인간의 의지를 강조하기 위한 것
으로 이해할 수 있습니다. 바다와 사막을 모험의 대상으로 어려움
을 만나 치열하게 살아남은 사람들의 이야기가 우리에게 진한 감
동을 주는 이유도 이러한 데 있는 것이겠지요.

캐나다 작가 스티브 도나휴Steve Donahue는 그의 책 『사막을 건
너는 여섯 가지 방법』에서 살아가는 것이 사막을 건너는 것과 같다
고 합니다. 사막을 건너는 이야기가 극적인 모험담은 아니지만, 삶
을 살아가면서 우리가 새겨야 할 중요한 것들을 담백하게 보여줍니
다. 그가 이야기하는 사막을 건너는 여섯 가지 방법은 다음과 같습
니다.

먼저, '지도를 따라 걷지 말고 나침반을 따라가라'라고 합니다.

무엇이든 건넌다는 것은 가장 깊은 곳을 지나쳐야 함을 의미합니다. 그 깊은 곳은 지도에는 표시되어 있지 않습니다. 길을 잃으면 지도는 아무런 소용이 없습니다. 방향을 잡아주는 나침반이 올바른 길로 나아가게 하는 유일한 안내자입니다. 우리 삶에도 궤적은 있지만 지도는 없습니다.

둘째, '오아시스를 만날 때마다 쉬어라'라고 합니다. 오아시스가 있기에 쉴 수 있고 사람을 만날 수 있습니다. 그간의 여정을 되돌아보고 다음 여정을 준비할 수도 있습니다. 생텍쥐페리가 말했듯이 사막이 아름다운 이유는 그 속에 오아시스가 있기 때문입니다.

셋째, '모래에 갇히면 타이어에 바람을 빼라'라고 합니다. 차바퀴가 모래에 빠졌을 때 무리해서 탈출하려다가는 오히려 더 깊숙이 묻힙니다. 마치 늪에서 허우적거리면 더 깊이 빨려 들어가듯 말입니다. 이때는 차바퀴의 바람을 빼고 살살 달래듯 빠져나와야 합니다. 삶에서 바람을 뺀다는 것은 겸허해진다는 것입니다. 앞뒤가 꽉 막힌 상황이라면 더욱더 자신을 겸허히 돌아보고, 필요 없는 자존심을 내려놓아야 합니다.

넷째, '혼자서 함께 사막을 건넌다는 마음을 가져라'라고 합니다. 여러 사람이 같이 사막을 여행하며 도움을 주고받을 수는 있습니다. 하지만 결국은 자신이 건너야 합니다. 나의 삶을 다른 사람이 대신할 수 없듯이 말입니다.

다섯째, '캠프파이어에서 한 걸음 멀어져라'라고 합니다. 사막

삶의 변곡점, 마음 다이어트가 필요해

에서 안전하고 따뜻한 캠프파이어가 비출 수 있는 곳은 세상의 일부분입니다. 때로는 정말 중요한 것을 얻기 위해서 사막의 어둠 속으로 걸어가야 합니다. 삶 역시 그러합니다. 우리의 고정관념, 늘 대하는 가족이나 친구, 집이나 직장이 전부가 아닙니다.

끝으로 '허상의 국경에서 멈추지 마라'라고 합니다. 사막에 철조망 국경선이 놓여 있더라도 사막이 끝나지 않는 한 그것은 허상의 국경입니다. 멈추면 사막을 건널 수 없습니다. 이는 삶을 살아가면서 우리가 스스로 그어놓은 한계와 같습니다. 진정한 경계선이 아닙니다. 진정한 경계선에 이를 때까지 나아가야 합니다.

스티브 도나휴가 이야기한 '진정한 경계선'에 서면 인생의 여정 하나가 마무리됩니다. 그리고 새로운 시작이 기다립니다. 그 시작이 바다일 수도, 강일 수도, 또 다른 새로운 사막일 수도 있습니다. 우리는 그때마다 새로운 나침반을 가지고 나아가야 합니다. 삶은 그렇게 계속되는 것이니까요.

모든 출구는 어딘가로 들어가는 입구이다.

톰 스토퍼드

조금은

어리석어도 괜찮아

워낙 많은 정보와 새로운 지식들이 홍수처럼 넘쳐나는 시대입니다. 다들 아는 것이 많아서 그런 것일까요? 이를 뽐내는 사람들이 참 많습니다. 그런데 깊은 내면적 성찰이 없는 지식은 현학術學이지 지혜가 아닙니다. 요즘 아무리 제 잘난 멋에 산다고 하지만, 기를 쓰고 잘난 모습을 보여주려는 세태가 경박스럽기 그지없습니다. 빈 수레가 요란한 법인데 말입니다.

살다 보면 '아무것도 모르는 체'해 보이는 것이 최고의 지혜가 될 때가 있습니다. 다른 사람의 관심을 끌려고 무리하다 보면 설령

삶의 변곡점, 마음 다이어트가 필요해

그에게 뛰어난 능력이 있다 하더라도 결점으로 비치고 오히려 별난 사람, 권모술수가 능한 사람이라는 경계심을 키울 수 있습니다. 지혜로운 사람은 몸짓 하나, 눈길 하나로도 상대의 인정을 받고 그를 압도할 수 있습니다. 채근담에는 다음과 같은 글귀가 있습니다.

> 살면서 세상사에 깊이 관여하지 않으면 때 묻음 또한 얕고, 세상사에 깊이 관여하면 권모술수 또한 깊다. 그러므로 인생을 능숙하게 살기보다 질박하고 노둔하게 사는 것이 낫고, 치밀하기보다는 소탈하게 사는 것이 낫다.
>
> 涉世淺 點染亦淺 歷事深 機械亦深,
> 故君子 與其練達 不若朴魯 與其曲謹 不若疎狂

어리석음을 이야기하려니 중국의 술 이름이 생각납니다. 십수 년 전에 중국에서 근무한 적이 있습니다. 평소 대주가大酒家는 아니더라도 스스로 애주가愛酒家라고 생각하던 차에 백주라는 새로운 세계를 만나게 되었지요. 당시까지만 해도 주로 화학 원료인 주정을 희석한 소주에 입맛이 길들여 있던 상태에서 여러 종류의 백주는 그야말로 문화적 충격이었습니다. 중국 술이라고 하면 기껏 이상한 냄새가 나는 독한 술 정도로만 생각했었는데 말입니다.

비싸고 귀한 술이 많았지만, 가장 좋아했던 것은 소호도선小糊涂仙이라는 백주입니다. 기품 있는 술맛과 상대적으로 저렴한 가격이 매력이기도 했지만, 이 술에 흠뻑 빠진 진짜 이유는 술의 이름 때문입니다. 소호도선小糊涂仙은 '조금 어리석은 신선'이라는 뜻입니다. 그리고 술 이름 옆에는 '똑똑하기는 어렵다. 어리석기는 더 어렵다 聰明難糊涂更難'라고 적혀 있습니다.

이 이름은 청나라 건륭제 연간의 문필가인 정판교鄭板橋의 글 '난득호도難得糊塗'에서 따온 것으로 여겨집니다. 난득호도란 '실력이나 총명함을 감추고 어리숙하게 보이기란 어렵다'는 뜻이며, 이 글의 해제에 '聰明難糊涂更難'이라는 표현도 보입니다. 문화적 코드를 상술로 활용하는 중국 사람들의 모습이 다소 밉살스럽기도 하지만, 술 이름치고는 기가 막히지 않습니까!

술이 사람을 방탕과 미혹에 빠지게 하기 쉽다는 점에서 경계할 것임은 분명합니다. 그렇지만 적당히만 한다면 세상사 고단함과 시름을 달래줄 수도 있는 것이 술입니다. '小糊涂仙'의 깊은 의미를 음미하면서 세상사 시시비비를 小糊涂仙 한잔에 훌훌 털어버리는 것이 큰 허물은 아닐 터지요. 가끔 한 번씩 만이라도 조금 어리석은 신선처럼 살아야겠습니다. 그리하여 보잘것없는 지식을 자랑하기보다 지혜의 모자람에 대한 부끄러움을 먼저 알았으면 좋겠습니다.

바보 같은 당나귀의 탈을 써라. 어리석음을 가장하는 사람은 어리석은 사람이 아니다. 참으로 어리석은 사람에게는 그러한 지혜가 없다.

발타자르 그라시안, 『용기있는 지혜』

삶의 변곡점, 마음 다이어트가 필요해

'얀테의 법칙'에서

배우는

겸손의 지혜

모두가 그런 것은 아니지만, 덴마크 사람들은 평소 겸손의 미덕을 몸소 잘 실천하고 있습니다.

칼스버그 맥주는 덴마크가 자랑하는 맥주입니다. 칼스버그 맥주가 처음 영국 런던에서 광고를 시작했을 때 '아마도 세계 최고의 맥주'라는 광고 카피를 사용했습니다. 그러자 뉴질랜드의 스타인라거 맥주는 자사의 맥주에 대해 '확실한 세계 최고의 맥주'라고 선전합니다. 미국의 버드와이저는 한술 더 떠서 '맥주의 제왕'이라는 문구를 넣었습니다. 어떤가요? 사소한 이야기입니다만, 덴마크 사람들의 겸손함이 느껴지지 않습니까?

덴마크 사람들의 겸손은 '얀테의 법칙'에서 잘 드러납니다. 얀테란 우리나라의 '철수'나 '영희'처럼 흔히 부르는 친근한 이름입니다. '얀테의 법칙'에서 말하는 겸손이란 다음과 같습니다.

내가 특별하다고 생각하지 않는 것

내가 다른 사람만큼 훌륭하다고 생각하지 않는 것

내가 다른 사람보다 영리하다고 생각하지 않는 것

내가 다른 사람보다 낫다고 생각하지 않는 것

내가 다른 사람보다 아는 것이 많다고 생각하지 않는 것

내가 다른 사람만큼 중요하다고 생각하지 않는 것

내가 다른 사람을 비웃지 않는 것

내가 다른 사람의 배려를 받아야 한다고 생각하지 않는 것

내가 다른 사람을 가르칠 수 있다고 생각하지 않는 것

데이비드 브룩스, 『인간의 품격』

상품이든 사람이든 과대 포장이 문제입니다. 과대 포장은 물건이나 제품의 허실을 감추려는 것일 뿐입니다. 좋은 제품은 과하게 포장하지 않더라도 품질과 서비스로 그 진가를 다 알 수 있습니다. 알량한 지식, 얕은 경험을 내세워 자신이 최고인 양 허세를 부리는 사람은 비웃음의 대상이 될 뿐입니다. 정작 내적으로 충실한

삶의 변곡점, 마음 다이어트가 필요해

사람은 늘 부족함을 탓하지 이를 내세우지 않습니다.

어느 것이 더 마음에 와닿나요?
벼는 익을수록 고개를 숙인다. vs 고개를 숙이기 때문에 벼가 익는다.

질책의 원칙

질책받아 기분 좋은 사람은 없겠지요. 잘못되었다는 것에 화가 나고, 더욱이 그 잘못으로 인한 비난과 책임을 감수해야 하기 때문입니다. 질책을 하는 사람의 경우는 어떨까요? 다른 사람의 허물을 대놓고 지적하고 따끔하게 충고하는 것이 쉽지는 않습니다. 성격이 굉장히 직설적이거나, 남의 일에 참견하기 좋아하는 사람이 아니라면 말입니다. 요컨대 질책을 듣는 것이 거북한 만큼이나 질책을 하는 것도 힘이 듭니다.

사실, 나이를 먹어 갈수록 남에게 싫은 소리를 하기가 더욱 어

삶의 변곡점, 마음 다이어트가 필요해

렵습니다. 세상을 살면서 쌓인 이런저런 경험들 때문일 겁니다. 곰곰이 생각해 보면 질책을 하기가 어려운 이유는 4가지 정도입니다.

첫째, '괜히 상대방과 척지는 일을 만들지 말자'라고 생각하기 때문입니다. 아무리 좋은 지적과 충고도 듣는 사람이 어떻게 받아들이느냐에 따라 다른 것이니까요.

둘째, '본인의 잘못을 스스로 알고 다음부터는 잘해 나갈 것'이라는 믿음이 있기 때문입니다. 잘못을 바로 지적하지 않고 지켜보는 것이지요. 잘못을 저지른 사람이 이러한 믿음을 저버리지 않고 잘해 나가면 더할 나위 없이 좋겠지만, 현실은 그렇지 못할 때가 많습니다.

셋째, '몇 번이나 잘못을 지적해도 이를 귀담아듣지 않고 잘못을 반복하는 경우 더 질책을 해본 들 소용이 없다'고 생각하기 때문입니다. 질책하는 사람의 입장에서 '저 사람은 구제불능이야'라고 생각하게 됩니다.

넷째, 주변 사람이 잘못을 하거나 말거나 아예 신경을 끄고 싶은 경우도 있습니다. 나에게 피해를 주지 않는 한 '당신 일이니까 당신이 알아서 하라. 내 알 바 아니다'라는 태도입니다.

그런데 질책하기가 주저된다고 해서 그냥 덮어두고 갈 수는 없는 노릇입니다. 한 사람의 잘못이 그 사람뿐만 아니라 다른 사람이나 조직에 나쁜 결과를 가져올 수 있을 때 더욱 그러합니다. 상대방이 싫어한다고 해서 내가 해야 할 일을 하지 않는 것 역시 질책을 받아 마땅한 일입니다. 따라서 중요한 것은 '질책을 할 것인가, 말 것인가'가 아니라 '질책을 어떻게 할 것인가'입니다.

잘못을 바로잡고 좋은 결과를 얻기 위한 질책은 어떠해야 할까요? 따지고 보면 앞서 남의 허물을 지적하는 것이 두려운 이유도 질책의 방법에 문제가 있기 때문입니다. 상대방으로 하여금 잘못에 대한 솔직한 인정과 반성, 그리고 이를 고쳐 좋은 결과를 만들겠다는 동기부여를 할 수 있는 질책이 필요합니다. 요컨대 질책할 때에는 상대방의 입장을 배려하면서 그 강도와 타이밍을 적절히 조절해야 합니다.

여기서 아리스토텔레스의 지혜를 빌려보기로 하지요. 아리스토텔레스는 『수사학』에서 상대방을 설득할 때 필요한 3가지 요소를 이야기합니다. 에토스Ethos, 파토스Pathos, 로고스Logos입니다. 에토스는 말하는 사람이 주는 신뢰감이며, 파토스는 듣는 사람이 가지게 되는 정서적 공감대, 로고스는 말의 논리성입니다. 이를 '질책'과 관련하여 생각해 보겠습니다.

먼저 에토스. 질책하는 사람이 본인은 그릇된 행동을 하면서 상대방에게 옳은 행동을 요구할 수 없다는 것입니다. 질책이든 설득이든 같은 말도 사람에 따라 다르게 받아들여지는 것이지요. 다음은 파토스. 질책을 받는 사람 입장에서 본인의 행동이 뭔가 잘못되었고, 이를 고쳐야 한다고 느끼지 않는 한 그 어떠한 질책도 효과가 없습니다. 다시 말해 질책을 받는 사람으로 하여금 공감을 이끌어낼 수 있어야 합니다. 끝으로 로고스. 논리적이지 못한 질책은 힘이 없습니다. 질책 받는 사람의 문제와 원인, 어떻게 고쳐나가야 할지를 조목조목 설득하는 질책과 논리를 결여한 채 얼렁뚱땅하는 질책 중 어느 것이 더 효과적인지 굳이 설명할 필요는 없겠지요.

그리고 하나 더. 질책을 하더라도 상대방의 장점을 부각하고 칭찬도 같이할 때 효과가 극대화됩니다. '로사다 비율Losada Ratio'이라는 것이 있습니다. 2005년 미국 노스캐롤라이나 대학 심리학과의 바버라 프레드릭슨Babara L. Fredrickson과 마셜 로사다Marcial F. Losada 교수의 연구결과, 기업 경영 회의 등에서 긍정과 부정의 비율이 2.9013:1을 넘는 기업들이 성취가 더 높다는 것입니다. 일부 학자에 의해서 이론적 오류가 지적되기도 했지만, '칭찬과 긍정의 힘'이 가지는 보편성으로 인해 여전히 많은 사람이 이를 인용하고 있습니다.

여기서 더 나아가 '가트맨 비율the Gattman ratio'이라는 것도 있습니다. 워싱턴주립대학교 존 가트맨John Gattman 교수는 35년 가까이 3,000쌍이 넘는 부부의 대화를 연구했다고 합니다. 가트맨 교수에 따르면 안정되고 행복한 결혼 생활을 하는 부부의 경우 서로에게 전하는 긍정적인 말 대비 부정적인 말의 비율이 평균 5:1이었습니다. 이 가트맨 비율이 1.25:1에 가까워지면 이혼 확률이 높아진다고 합니다. 주변 사람들을 질책할 때 꼭 새겨둘 만한 것이지 않나요?

볼테르에게는 게으른 하인 한 명이 있다. 하루는 볼테르가 그에게 신발을 가져오게 했는데 가져온 신발이 온통 진흙투성이였다.

"어째서 신발을 깨끗이 닦지 않았느냐?"
"어차피 신고 나가면 또 지금처럼 더러워질 텐데 그럴 필요가 있겠습니까?"

볼테르는 말없이 웃으며 집을 나섰고 하인은 그를 따라 나오며 배웅했다.

"주인님, 조심해서 다녀오세요. 그리고 주방 열쇠 좀 주십시오. 제가 아직 점심을 못 먹어서요."
"여보게, 점심은 먹어서 뭐 하나? 어차피 조금 있으면 또 지금처럼 배가 고파질 텐데."

진웨준, 『사람공부』

아름다운 배려

～～～～～～

사람들이 큰 건물의 현관을 차례로 나오고 있습니다. 문을 밀고 나오는 모습으로 두 부류로 나눌 수 있습니다. 먼저, 문을 열고 뒤도 안 돌아 보고 자기 갈 길을 가는 사람이 있습니다. 그리고 가는 걸음을 멈추고 뒷사람이 나올 수 있도록 잠시나마 문을 잡아주는 사람이 있습니다. 미루어 짐작하건대, 잠시 문을 잡아주는 사람이 자기 갈 길을 가는 사람보다 배려심이 많은 사람일 겁니다. 사소한 행위 하나로 사람을 판단하기는 무리가 있지만 말입니다. 생면부지의 사람이기에 더욱 그러합니다.

타인을 배려하는 것이 반드시 거창하거나 결정적인 도움이 되어야 할 필요는 없습니다. 작은 배려라 하더라도 진심에서 우러난 것이고, 자연스럽게 몸에 밴 것이면 그 배려가 우리의 마음을 따뜻하게 해 줍니다. 그런데 점점 사람들과 부대끼는 과정에서 씁쓸함을 느끼는 때가 많습니다. 언제부턴가 버스에서 연세 드신 어른에게 자리를 양보하는 사람을 보기가 쉽지 않더군요. 주위 사람들에게 폐를 끼치고도 아무렇지 않게 생각하는 사람도 많습니다. 보여주기식 배려가 아름다운 선행으로 포장되는 모습은 차라리 코미디 같습니다. 그리고 타인으로부터의 배려와 존중을 받는 것이 당연하다고 여기는 사람들도 적지 않습니다. 다른 사람의 선의에 의한 배려는 결코 권리가 될 수 없습니다. 그럼에도 '나는 늙었으니까', '나는 가난하니까' 등의 이유로 당연히 배려 받아야 하는 것은 아닙니다. 이런 부류의 사람들 역시 딱하기는 마찬가지입니다.

배려의 의미를 가장 잘 담은 사자성어가 역지사지易地思之입니다. 자신의 판단과 행동에 앞서 상대방의 처지를 먼저 생각해 보라는 것이지요. 말처럼 쉽지는 않습니다. 그런데 이러한 자세는 상대에 대한 배려의 의미도 담고 있을 뿐만 아니라, 상대의 마음을 얻을 수 있는 가장 좋은 방법이기도 합니다. 사장은 직원의 입장을 헤아리고, 직원은 사장의 입장을 이해한다면 이런 회사는 망하려야 망할 수가 없을 겁니다. 참다운 배려는 상대방의 입장에서 무엇이 가장 절실한지를 헤아리고 실질적인 도움을 주는 것이어야 합니다.

삶의 변곡점, 마음 다이어트가 필요해

말 한마디라도 따뜻한 진정성이 담겨야 합니다. 요컨대 진정한 배려는 같이 있을 때 존중해 주고, 없을 때는 칭찬해 주며, 힘들 때는 도와주고, 외로울 때 벗이 되어주는 그런 배려 말입니다.

배려의 의미를 생각해 보게 하는 잔잔하지만 울림이 큰 일화가 있습니다. 갓 입대한 이등병이 몹시 추운 겨울날 밖에서 언 손을 녹여가며 찬물로 빨래를 하고 있었습니다. 지나가던 소대장이 그 모습을 보고 한마디 합니다.

"김 이병, 손 시릴 텐데 저기 취사장에 가서 뜨거운 물 좀 얻어다가 하지."

김 이병은 소대장의 말을 듣고 뜨거운 물을 얻기 위해 취사장에 갔습니다. 그렇지만 뜨거운 물은커녕 고참들에게 신병이 군기가 빠졌다고 한바탕 얼차려만 받고 나오고 말았습니다.

이번에는 중대장이 지나가면서 그 광경을 보고 말했습니다.

"김 이병, 그러다 동상 걸리겠다. 저기 취사장 가서 뜨거운 물 얻어다가 해라."

김 이병은 대답은 "예"라고 했지만, 이번에는 취사장에 가지 않았습니다. 취사장에 가봤자 뻔하였기 때문입니다. 그렇게 계속 빨래를 하고 있는데 이번에는 중대의 선임 상사가 그 곁을 지나다가 김 이병에게 말했습니다.

"어이, 김 이병! 내가 세수 좀 하려고 하니까 지금 취사장에 가서 뜨거운 물을 한 대야 받아와라."

김 이병은 취사장에 가서 보고하고 더운물을 한 대야 갖고 왔습니다. 선임 상사가 김 이병에게 말했습니다.

"김 이병, 이제 그 물로 언 손 녹여가며 빨래해라. 양이 충분하지는 않겠지만, 동상은 피할 수 있을 거야."

어떻습니까? 참다운 배려란 이런 것입니다. 어려움에 처한 사람에게 걱정과 위로의 말을 건네는 것은 지극히 당연합니다. 그런데 그 말이 그냥 생색을 내는 것은 아닌지, 정작 상대방의 처지를 생각하기보다 그 말을 함으로써 자신이 위안을 받으려고 한 것은 아닌지 반성해 볼 일입니다.

아프리카 부시맨들의 생활태도에서 엿볼 수 있는 배려의 원형

젊은 부시맨들은 노인들에게 사냥할 기회를 주기 위해 몸집이 작고 걸음이 느린 사슴, 토끼와 같은 동물은 절대 사냥하지 않으며, 물을 마시러 오는 동물을 위해 우물가 근처에는 절대 덫을 놓지 않는다고 한다. 여자들 역시 야생 열매를 딸 때 반드시 씨앗이 될 만큼은 남기고, 벌집이 꿀을 딸 정도로 크지 않으면 안 건드린다.

『좋은 생각』 1999년 3월호

삶의 변곡점, 마음 다이어트가 필요해

집착파

싸워 이기는 기술

사칙연산에 빗대 인간의 욕심을 풀이한 글이 재미있습니다. '늘 더 갖고 싶어 하고덧셈, 더 빼앗고 싶어 하고뺄셈, 몇 배로 부풀리려고 한다곱셈. 이 세 가지를 다 이룬 후에야 베푸는 마음나눗셈이 생긴다' 라는 겁니다.

우리는 늘 무엇인가를 탐내고, 갈망하고, 우월해지고 싶어 하고, 과시하며 지금보다 더 좋아지고 싶어 합니다. 또, 내가 다른 사람보다 낫고 내 생각이 옳다고 생각합니다. 이 모든 것은 집착에서 비롯됩니다. 희로애락의 감정도 따지고 보면 이 집착 때문에 생기는 것이지요. 그래서 사람들은 괴로움에서 벗어나도록 '마음을 비워라', '마음을 내려놓는 것이 중요해!'라고 말합니다.

그런데 마음을 비우거나 내려놓는 것이 어디 말처럼 쉬운 일이던가요? 어쩌면 불가능한 것인지도 모르겠습니다. 불교의 가르침에 따르면 집착이나 속박에서 벗어나는 것을 '해탈'이라고 합니다. 법정 스님도 무소유와 무아집의 길로 들어설 때 부처를 이룬다고 했습니다. 불도를 행하는 사람들이 이르게 되는 궁극의 경지가 해탈입니다. 그만큼 집착에서 벗어나거나 마음을 내려놓는 것이 어려운 일이기에 우리는 눈뜨고 있는 한 번뇌가 끊이지 않습니다.

캐나다의 심리학자 어니 J. 젤린스키Ernie J. Zelinski는 그의 책 『모르고 사는 즐거움』에서 우리가 하는 걱정의 40%는 절대 일어나지 않을 사건에 대한 것이고, 30%는 이미 일어난 사건, 22%는 사소한 사건, 4%는 우리가 바꿀 수 없는 사건에 대한 것들이라고 합니다. 나머지 4%만이 우리가 대처할 수 있는 진짜 걱정거리이고, 96%의 걱정거리는 쓸데없는 것이지요. 정말이지 우리는 쓸데없는 일에 너무 많은 신경을 쓰고 삽니다.

흔히 '걱정이 태산'이라고 합니다. 걱정은 걱정을 낳습니다. 그러다 보면 이제까지 멀쩡하게 생각되던 것들도 혹시 잘못되는 것은 아닌지, 문제는 없는지 마음이 쓰입니다. 예를 들어 내일 사업상 중요한 계약을 하기로 파트너와 약속이 잡혀 있다고 합시다. 밤새 마음속으로 계약과 관련해서 이런저런 걱정을 하다보면 아마 책

삶의 변곡점, 마음 다이어트가 필요해

한 권 분량은 될 겁니다. 그런데 그 걱정을 글로 한번 써 보십시오. 아마도 두세 줄이면 충분할 겁니다. 걱정한다고 달라지는 것은 없습니다. 마음만 어지러울 뿐입니다. 심하게 말하면 걱정을 습관처럼 하는 사람들은 자신을 학대하는 '병'을 앓고 있는 것입니다.

사람의 마음은 묘해서 뭔가 생각하지 않으려고 하면 할수록 그 생각에 깊숙이 빠져듭니다. 억지로 잠을 자려고 하는데 정신은 오히려 더욱 또렷해지는 경우처럼 말입니다. 1987년 다니엘 웨그너 Daniel Wegner가 진행한 '흰 곰' 실험처럼 사람들에게 흰색 곰을 생각하지 말라고 하면 오히려 흰색 곰을 더 생각하는 것이지요.

이를 심리학의 '역효과 법칙Backfire effect'으로 설명할 수 있습니다. 의도한 방향이 아니라 좋지 못한 방향으로 날아오는 총알에 빗대어 이름 붙인 것입니다. 역효과 법칙이 암시하는 바는 '욕심과 아집을 버리자'라고 생각하는 순간 그 굴레에 자신을 가둘 수 있다는 것입니다. 고통은 피하려고 해도 피하기 어려울뿐더러 상황이 더 악화될 수 있다는 것입니다. 분명한 것은 이처럼 좋지 않은 마음의 상태를 의도적으로 피하려고 해서는 안 된다는 겁니다.

그렇다면 해탈의 경지에는 훨씬 미치지 못하더라도 괴롭거나, 힘들거나, 슬플 때 조금이라도 마음을 편하게 할 방법이 없을까요? 걱정 없는 사람이야 없겠지만 쓸데없는 걱정을 조금이라도 덜하고 사는 방법은 없을까요? 이에 대한 해답으로 마크 맨슨Mark Manson 은 그의 책 『신경 끄기의 기술』에서 고통에 대한 신경을 끄고 살라고 합니다. 어차피 고통은 인간에게 숙명과 같은 것이니까요.

> "고통은 삶이라는 천에 얽히고설켜 있는 실오라기다. 삶에서
> 고통을 떼어낸다는 건 불가능할 뿐만 아니라 파괴적인 일이기
> 도 하다. 고통을 피하려고 하면, 고통에 지나치게 신경이 쏠리
> 는 법이다. 반면에 고통에 신경을 끌 수 있다면, 어떤 것도 당신
> 앞을 가로막지 못할 것이다."
>
> 마크 맨슨, 『신경 끄기의 기술』

그러나 그가 말하는 '신경 끄기'는 세상일로부터 초연하거나 무심한 자세를 의미하는 것은 아닙니다. 오히려 신경 쓸 일과 쓰지 않아도 될 일을 구분해서 선택과 집중을 하라는 의미입니다. 고통에 집착하지 말고 달리 신경을 써야 할 생산적인 일들을 찾으라고 합니다. 예를 들면 가족이나 친구, 취미생활 등을 말입니다. '애쓰지 마, 노력하지 마, 신경 쓰지 마'라는 그의 일갈이 사이다같이 시원합니다.

일본에서 시작된 단사리 운동 역시 같은 맥락에서 이해할 수 있습니다. 2010년 일본의 평범한 주부였던 야마시타 히데코山下秀子가 『버림의 행복론원제: 斷捨離, anshari』이라는 책을 발표했습니다. 이후 '단사리斷捨離'라는 신조어가 크게 유행하였고, 우리나라에도 꽤 많은 영향을 주었습니다. 단사리란 끊고斷, 버리고捨, 떠나는離 것을

의미합니다. 조금 더 구체적으로 말하면 필요 없는 물건의 구입을 끊고, 쓰지 않는 물건은 버려, 물건에 대한 집착에서 벗어나는 것입니다.

단사리 역시 말처럼 쉽게 실천할 수 있는 것은 아닙니다. 그러나 우리 삶 속에서 쉬운 것부터 행한다면 제법 지혜로운 방법이 될 수도 있습니다. 당장 필요하지 않은 물건을 사 모으는 것은 참 어리석은 행동입니다. 그렇게 모은 것들은 얼마 지나지 않아 짐이 될 뿐입니다. 자꾸 더 가지려는 마음을 끊어야 합니다. 창고나 서랍에 가득한 구닥다리 물건들을 정리해야 합니다. 이 중에는 아름다운 추억을 간직한 것들도 있지만 대부분이 애물단지에 불과한 물건들입니다. 가끔 이런 물건들을 정리하면서 느끼는 홀가분함이 소소하지만 확실한 행복이 되기도 합니다. 이렇게 눈에 보이는 것부터 실천하고 형편껏, 분수껏 생활하면 집착하는 마음에서 조금은 자유롭지 않을까요?

마음 내려놓기를 너무 거창하고 어렵게 생각할 것은 아닙니다. 해탈의 경지까지는 이를 수 없겠지만, 작은 것부터 실천하려고 합니다. 억지로 걱정거리를 안 만들고, 삶의 고통에 대해 깊이 생각하지 않으며, 짐이 되는 것들을 하나씩이라도 단·사·리斷·捨·離 하는 것 말입니다.

그만 내려놓게나!

나이 많은 스님이 젊은 승려와 강을 건너려 하고 있었답니다.
그들의 눈에 젊은 여자가 어떻게 강을 건너야 할지 몰라 강가에서 쩔쩔매고
있는 모습이 보였습니다. 노승은 주저 없이 여자를 업고 강물을 걸어 건너편에
여자를 내려놓았습니다. 그러고는 가던 길을 갔습니다.
젊은 승려는 노승의 행동을 이해할 수 없었지요. 길을 가면서 계속 생각을 하
다가 급기야 노승에게 묻습니다.

"우리는 출가인이고 스승님께서는 항상 여색을 멀리하라고 가르치지 않았습
니까? 그런데 어찌해서 아까 그 여인을 업으신 겁니까?"

노승이 젊은 승려를 물끄러미 바라보며 말했습니다.

"나는 그 여인을 이미 내려놓았는데, 너는 어찌하여 아직 업고 있느냐?"

피터 수, 『나를 만나러 가는 여행』

삶의 변곡점, 마음 다이어트가 필요해

실패는

넘어지는 것이 아니라,

거기에 머무는 것이다

실수mistake와 실패failure에 대해 우리는 대체로 부정적입니다. 어감도 좋지 않습니다. 이로 인해 꾸지람을 듣기도 하고, '부적응자', '패배자' 따위의 낙인이 찍히기도 합니다. 아마 실수와 실패에 관대하지 않은 우리 사회의 풍조 때문에 이들 단어가 더욱 어두운 면을 지니고 있는 것 같습니다.

이 둘은 뉘앙스에 차이가 있습니다. 실수는 무엇인가 잘못하는 경우입니다. 이에 비해 실패는 도전이나 경쟁의 결과로서 의도했던 성과를 거두지 못한 상황을 의미합니다. 우리가 일을 할 때 똑

같은 실수가 반복되거나 다른 종류의 실수가 방치되면 결과적으로 그 일은 실패로 귀결될 가능성이 높아집니다. 이렇게 본다면, 실수는 조금 애교스런 표현이고, 실패는 보다 심각하고 무거운 표현이라고 정리할 수 있겠군요.

우리는 신이 아닌 인간이기 때문에 실수나 실패가 없을 수 없겠지요. 중요한 것은 실수나 실패에 대한 우리의 인식과 태도입니다.

트위터 본사에는 '내일은 더 좋은 실수를 하자Lets make better mistakes tomorrow'라는 글귀가 있다고 합니다. 더 좋은 실수는 같은 실수가 아닙니다. 그렇기 때문에 용인될 수 있고, 이를 격려하기도 하는 것입니다. 사실, 이전에 있었던 실수보다 더 나은 실수야말로 심각한 실패를 예방하고 나아가 성공의 길로 이끄는 열쇠가 될 수 있을 겁니다.

유니클로의 야나이 다다시 회장은 1승 9패의 정신을 강조합니다. "새로운 사업은 원래 실패하기 쉽다. 실패는 누구에게나 기분 좋지 않은 일이며 싫은 일이다. 그러나 뚜껑을 덮어 버리면 결국 반드시 같은 종류의 실패를 반복하기 마련이다. 실패는 단순한 상처가 아니다. 실패에는 다음으로 이어지는 성공의 싹이 숨어있다."

『해리포터』를 쓴 작가 J.K. 롤링은 2008년 하버드대학교 졸업식 축사에서 다음과 같이 말했습니다. "내 삶은 내가 아는 그 어떤 사람보다 실패한 삶이다. 하지만 실패는 불필요한 것을 제거하여 자신이 진정으로 원하는 것을 찾게 해 줄 뿐만 아니라 실패를 겪고 나면 훨씬 강인하고 현명해져서 앞으로 어떤 일이 있어도 살아남을 수 있다는 자신감을 갖게 된다. 실패가 두려워 아무 시도도 하지 않는다면 실패한 것이 없어도 삶 자체가 실패이다."

실수로 넘어질 수 있습니다. 그러나 그 자체가 실패는 아닙니다. 넘어져서 일어서지 못하거나, 거기에 머무는 것이 실패입니다. 넘어진 자리에서 잠시 쉬어 갈 수는 있지만, 머물거나 무너져서는 안 됩니다. 넘어지는 방법 하나를 알았다고 생각하고 다시 나아가야 합니다. 세상은 포기하지 않고 끝까지 완주한 사람은 기억하지만, 중간에 포기한 사람은 기억하지 않습니다.

'실패는 성공의 어머니'라는 말이 괜히 있는 것이 아닙니다. 실수나 실패에서 배우고, 두려움 없이 끝까지 포기하지 않겠다는 마음가짐이야말로 성공에 이르는 길입니다.

나는 9천 번 이상의 슛을 실패했다.
3백 번에 가까운 경기에서 패배했고,
승패를 결정짓는 중요한 슛을 실패한 경우도 26차례나 된다.
인생에서 끊임없이 실패를 거듭했다.
이것이 바로 내가 성공한 이유이다.

마이클 조던

작은 행복이

참 좋다

복권 1등 당첨은 매우 큰 행운이고 기분 좋은 일이 분명합니다. 몇십만 분의 일 또는 몇백만 분의 일의 확률로 당첨되었으니 얼마나 흥분되고 짜릿할까요. 장담하건대 살면서 복권에 한 번도 관심을 기울이지 않은 사람은 정말 드물 겁니다. 전날 밤 행운을 가져다줄 좋은 꿈을 꾸었을 때 복권을 파는 가게가 자꾸 눈에 들어오는 것은 인지상정이겠지요. 그런데 흔히들 이야기하듯이 복권 1등 당첨으로 얻게 된 행복한 마음은 영원할 수 없습니다. 때로는 감당하기 힘든 행운이 불행을 잉태하는 씨앗이 되기도 합니다. 앞서 이야기한

'기대의 배신Big Wombassa'도 그래서 나온 것입니다.

행복은 강도가 아니라 빈도라고 합니다. 한 번의 크고 엄청난 행복보다 자잘한 행복들이 이어질 때 더욱 행복감을 느끼는 것이지요. 행복의 크기와 강도는 사람마다 다르지만, 어쩌면 더 큰 행복, 더 강한 행복을 구하려고 하기 때문에 오히려 행복과 점점 멀어지는 것이 아닐까요? 기대가 크면 실망도 크고, 우울해지니까요.

일상에서 느끼는 작지만 확실한 행복을 가리켜 '소확행小確幸'이라고 합니다. 이 용어를 처음 쓴 무라카미 하루키는 갓 구운 빵을 손으로 찢어 먹을 때, 서랍 안에 반듯하게 정리되어 있는 속옷들을 볼 때, 예쁜 꽃을 사서 집을 꾸밀 때, 욕조에 몸을 담그고 하루의 피로를 풀고 있을 때 등이 소확행의 순간이이라고 합니다.

저의 경우는 이렇습니다. 휴일 아침 따뜻한 잠자리에서 아내의 나른한 하품 소리를 들을 때, 식구들과 같이 밥 먹으면서 좋아하는 막걸리 한잔을 마실 때, 나른한 오후 커피를 내리면서 코로, 마음으로 구수한 향을 음미할 때, 잠자리에 들기 전 가장 게으른 자세로 책을 보거나 다큐멘터리 프로를 볼 때, 평소 읽고 싶었던 책을 도서관에서 찾아 빌린 후 내 가방에 넣을 때, 마음에 드는 문구가 생각나서 글로 옮겨 적을 때, 어느 날 불현듯 난초가 꽃망울을 맺을 때. 가만히 생각해 보면 이런 자잘한 즐거움이 참으로 많습니다.

북유럽의 덴마크는 국민들이 느끼는 행복감이 매우 높다고 합니다. 여러 가지 이유가 있지만, 덴마크 사람들의 행복한 마음은

'휘게Hygge'라는 덴마크어가 압축적으로 보여줍니다. 휘게는 '사랑하는 가족이나 친구와 함께 또는 혼자서 보내는 따뜻하고 소박한 여유로운 시간'을 의미합니다.

타인에 대한 사려 깊은 배려와 서로에 몰입하는 태도가 휘게를 촉진하며, 격식에 얽매이지 않고 어느 누구로부터의 간섭이나 통제도 없는 상태에서 친밀함, 따뜻함, 편안함을 추구하는 것을 말합니다.

촛불은 휘게의 분위기를 자아내는 소재로 주로 사용됩니다. 이는 따뜻하고 낭만적인 분위기를 내기에 촛불만한 것이 없기 때문입니다. 사랑하는 사람과 함께 촛불을 밝혀두고 와인을 마시며 일상적인 대화를 나누는 것이 요즘 들어 가장 마음을 끄는 행복한 순간입니다.

살아가면서 작은 일에도 의미를 부여하고 감사하는 마음으로 받아들이는 것이 중요합니다. 사소하더라도 의미 있는 마음과 몸짓, 이런 것들이 소소하지만 확실한 행복의 자양분입니다.

가까운 이와 보낸 시간, 아름다운 곳에서의 산책, 인상적인 책이나 음악 감상 등 기분 좋은 순간들이 작은 천 조각들처럼 연결되어 행복한 옷을 짓는다.

크리스토프 앙드레, 『괜찮아, 마음먹기에 달렸어』

후회,
집착의 문과
반성의 문

누구나 지나간 일들 가운데 후회되는 것이 여럿 있을 겁니다. 그것은 무엇인가 잘못된 행동을 한 경우일 수도 있고, 반대로 무엇인가를 했어야만 했는데 하지 못한 경우일 수도 있습니다. 이처럼 후회는 크게 두 종류로 나눌 수 있습니다. 어떤 일을 하고 난 뒤에 하는 후회와 하지 않은 것에 대한 후회가 그것입니다.

　술을 많이 마신 다음 날 하는 후회는 말할 것도 없겠지요. 한순간 욱하는 감정으로 남에게 상처 주는 말을 쏟아 내고 나면 그 말을 주워 담지도 못하고 평생을 자책하며 살지도 모를 일입니다. 이런 후회는 전자의 예입니다. 괜찮은 주식이라고 생각만 하고 살까 말까 고민하던 중 상한가를 기록한 것을 본 뒤에 하는 후회, 어려움에 처한 친구에게 따뜻한 위로의 말을 건네지 못한 데 대한 후회 등은 후자의 예입니다. 결혼처럼 '해도 후회, 안 해도 후회'하는 경우도 있을 터이지요. 살면서 이런 일들은 부지기수입니다.

이렇게 보니 후회 없이 사는 사람은 없을 듯합니다. 어쩌면 지난 일은 후회하고, 다가올 일은 걱정하는 것이 우리의 삶인지도 모르겠습니다. 원인이 무엇이든 후회할 일이 많다는 것이 기분 좋은 일은 아닙니다.

보통 사소한 후회 거리는 '그럴 수도 있지 뭐! 다음에는 잘하자'라고 가볍게 넘어갈 수 있습니다. 그렇지만 마음이 편치 않은 후회는 사람을 힘들게 합니다. '정말이지 내가 왜 그랬을까? 이건 아닌데'라면서 계속 과거를 곱씹게 되고 후회가 후회를 낳습니다. 우리를 힘들게 하는 후회, 어떻게 하는 것이 좋을까요?

어떤 행동이나 결정을 하기 전에 그것이 나중에 후회할 일인지 아닌지를 잘 생각해 보아야 합니다. 사람은 신이 아닙니다. 불완전한 존재입니다. 사람이기 때문에 하는 후회의 대표적인 것 가운데 하나가 어리석은 일을 하고 난 뒤 후회하는 것이지요. 『채근담』에 이것을 경계하는 구절이 있어 인용합니다.

삶의 변곡점, 마음 다이어트가 필요해

"일을 치르고 난 뒤의 후회가 일을 시작할 때의 어리석음을 깨
트릴 수 있으면 행동하는 데 잘못이 없을 것이다."

人常以事後之悔悟, 破臨事之癡迷, 則性定而動無不正*

이미 저질러진 일로 마음이 심란할 때는 어떻게 해야 할까요?
이 경우 우리 앞에 2개의 문이 있습니다. 하나는 뼈아픈 후회로 말
미암아 삶의 방향을 잃고 실의의 늪에 빠지는 집착의 문이고, 또 하
나는 후회를 통해 앞으로 나아갈 동기를 찾는 반성의 문입니다.

결론부터 말하자면 집착의 문으로 들지 말고 반성의 문을 찾아
야 합니다. 지난 일은 후회해 봤자 소용없다고 합니다. 그렇지만,
시행착오를 통해 교훈을 얻을 수 있다면 후회한다고 이미 늦은 것
도 아닙니다.

중요한 것은 후회의 집착에서 벗어나는 것입니다. 마음을 비우
고 후회할 일을 있는 그대로 바라보아야 합니다. 무엇을 더하거나
뺄 일이 아닙니다. 그래 봐야 별 의미가 없는 자기 위안이고 변명일
뿐입니다. 잘못한 일은 깨끗이 인정하고 이로 인한 불이익도 받아
들여야 합니다. 이루지 못한 일은 어차피 나랑은 인연이 없는 일이
라 생각하여야 합니다. 한마디로 '쿨'해야 한다는 것이지요.

그런데 쿨하게 마음을 비운다는 것이 말처럼 쉽지는 않습니다.

---

* 悔悟(회오): 후회, 臨事(임사): 일을 막 시작하는 것, 癡迷(치미): 어리석고 미혹함

집착의 응어리가 마음속 어느 한 곳에 앙금처럼 남아 있기 마련입니다. 이런 앙금마저 녹여 버려야 후회하는 마음을 멈출 수 있습니다. 이럴 때는 대화와 몰입이 좋은 방법입니다.

먼저, 마음을 터놓고 이야기할 수 있는 주변 사람과 자신의 마음속 앙금에 대해 대화해 보는 겁니다. 대화는 나의 편협함을 깨우치게 하는 묘약과 같습니다. 다음은 후회되는 일을 반면교사로 삼아 좋아하는 일을 새로 만들고 거기에 몰입하는 겁니다. 이렇게 진솔한 대화를 하고, 좋아하는 일에 몰입하다 보면 그 앙금이 생각처럼 견고한 것은 아님을 알게 되거나 녹여낼 수 있다는 자신감이 들기도 하니까요. 후회에 얽매이는 것으로는 아무것도 이룰 수 없습니다.

후회하기 싫으면 그렇게 살지 말고, 그렇게 살 거면 후회하지 마라.

이문열, 『젊은 날의 초상』

삶의 변곡점, 마음 다이어트가 필요해

열등감파

열등감 콤플렉스는 다르다

요즘 주변에 왜 이렇게 잘난 사람이 많은지 모르겠습니다. 초라한 자신의 모습을 생각하면서 자조와 서글픔으로 마음이 어지러울 때가 많습니다. 이런 느낌이 바로 열등감이겠지요. 그런데 열등감이 나쁘기만 한 것일까요?

열등감에 대한 알프레드 아들러Alfred Adler의 통찰은 우리에게 힘을 줍니다. 일반적으로 열등하다는 것은 일상에서 보통의 수준이나 기준보다 부족한 상황을 의미합니다. 이러한 상황에 대한 자신의 느낌이나 평가를 열등감이라고 할 수 있습니다. 아들러는 열등감은 누구나 가지고 있는 정상적인 감정이며, 우월성을 향한 발전의 자극제라고 합니다.

'이 고통과 불안에 사로잡히게 하는 감정이 정신 발달의 위대한 비약을 이끌어 낸다.'

열등감이야말로 열등한 상황을 극복하고 우월한 상황으로 바꾸어 나가는 힘을 지니고 있습니다. 인간의 잠재능력을 발현하는 촉진제와 자극제 역할을 하는 것이지요. 예를 들어 새처럼 하늘을 날 수 없는 인간의 열등감이 비행기를 개발하고 우주에까지 나아가게 한 원동력입니다.

그러나 열등감이 지나쳐 삶의 도전을 회피한다든지 자신의 잠재능력을 이끌어 내지 못할 경우 이는 콤플렉스가 됩니다. 문제는 이 '열등감 콤플렉스'입니다. 아들러에 따르면 열등감 콤플렉스를 극복하는 가장 좋은 치료는 주변 사람들의 '격려'라고 합니다. 곤경에 처한 상황에서 돌파할 수 있는 용기를 갖게 하고, 본인의 우월성을 발견할 수 있도록 해 주어야 한다는 것이지요. 아들러가 열한 살 소년에게 한 따뜻한 격려가 마음에 와닿습니다.

"처음에는 물에 뜨기도 어려웠다는 사실을 기억하니? 지금처럼 멋지게 수영할 수 있게 되기까지 많은 시간이 걸렸을 거야. 무슨 일을 하든 처음에는 다 힘들어. 하지만 얼마 지나면 잘 할 수 있게 돼. 집중하고 인내해야 해. 무엇이든 엄마가 해 줄 것이라는 기대는 하지 마. 나는 네가 <u>스스로</u> 할 수 있다고 확신해. 다른 사람이 너보다 잘한다고 해도 걱정할 필요 없어."

기시미 이치로, 『행복해질 용기』

타인의 격려만큼이나 스스로의 동기부여도 중요합니다. 지금 상황이 어렵다고 겁부터 내서는 안 됩니다. 이럴 때일수록 강고한 용기와 두둑한 배포가 필요합니다. 뒤처져 있다는 것은 앞서 나갈 기회가 되기도 합니다.

남들보다 조금 낫다고 유세할 일도 아니고, 반대로 남들보다 조금 못하다고 기죽을 일도 아닙니다. 잘나고 못난 것은 마음먹기에 달렸습니다. 종이 한 장 차이일 수도 있습니다. 지금 내가 남들보다 조금 살림살이가 어렵다거나, 직급이 낮거나, 하는 일이 험하더라도 의기소침할 필요 없습니다. 당장은 현실이 바뀌지 않겠지만, 언젠가는 잘될 수 있다는 믿음으로 살아가야 합니다. 잘난 자에게 필요한 것은 겸손이고, 못난 자에게 필요한 것은 용기입니다.

진정한 용기

범죄자들 사이에서 공통으로 발견되지 않는 것이 바로 용기이다.
손에는 총을 들고 원하는 것은 무엇이든지 할 수 있는 것처럼 말하지만,
총을 들고 있다는 것 자체가 용기 없음을 드러내는 것이다.
다른 사람을 힘으로 누르려고 하고 남들 모르게 무엇인가를 뺏으려고 하는
이런 것들이야말로 가장 용기 없고 비겁한 행동이다.

알프레드 아들러 『항상 나를 가로막는 나에게』

자신감과

자만심에 대하여

어떤 일을 할 때는 일반적인 패턴이 있습니다. 먼저, 목표를 정합니다. 당연히 목표는 의도하는 결과이겠지요. 목표를 달성하기 위해 필요한 계획을 세우고 행동합니다. 이 과정에서 하게 되는 고민과 노력의 정도 차이가 사소한 일과 중요한 일을 구분 짓는다고 할 수 있습니다. 당연한 이야기이지만 삶의 중요한 일일수록 더 많이 고민하고 목표에 이르는 과정의 노력도 치열합니다.

그런데 미래의 일은 그 누구도 모릅니다. 중요하다고 생각되는 일은 더욱 그러합니다. 일의 진행 과정에서 기대하고 예측했던 결과에 가까워질 수는 있어도 100% 정확하게 결과를 장담할 수는 없습니다.

결과를 보는 태도는 크게 두 가지입니다. '된다!', '할 수 있다!' 라는 마음가짐과 '될까?', '할 수 있을까?'라는 마음가짐이지요. 이둘의 차이점은 자신감입니다. 일을 하면서 그 일이 의도한 대로 이루어질 것이라는 믿음은 매우 중요합니다. 로마의 시인 베르길리우스Publius Vergilius Maro가 말했습니다.

"사람들이 모든 일을 해내는 것은 할 수 있다고 생각하기 때문이다."

이것이 바로 자신감입니다. 자신감은 미래와 보상의 불확실성에도 불구하고 도전과 모험을 가능하게 하는 원천이 됩니다. 없던힘도 생기게 해 줍니다.

그런데 자신감 역시 과유불급過猶不及입니다. 과도한 자신감은좋지 않은 결과를 가져올 가능성이 크기 때문입니다. 지금 당장은일이 술술 잘 풀리는 것 같지만 언제, 어디서나 장애물이 튀어나올수 있음을 알아야 합니다. 과도한 자신감은 장애물을 객관적이고냉철하게 보는 것을 가로막습니다. 장애물이 있다면 이를 극복할수 있는 용기를 가지고 그 방법을 찾아 나가야 하는데 지나친 자신감은 그것을 어렵게 합니다. 일이란 잘 풀릴 때 오히려 더 경계하여야 하는 법입니다. 돌다리도 두드려 보고 건너야 하듯이 말입니다.

자신감이 지나치면 주변의 우려에 귀 기울이지 않고, 하나둘 나타나는 나쁜 조짐들도 무시하면서 지금 내가 하는 것이 옳다고 고집합니다. 이런 경우를 자만이라고 합니다. 특히, 근거가 없는 자신감이나 자만심은 오만으로 비추어질 수 있음을 알아야 합니다. 세상은 그리 만만하지 않습니다. 오만하다는 평을 듣는 사람치고 성공한 경우를 찾기는 어렵습니다.

흔히들 성공했다고 하면 자신감 때문이라고 하고, 실패하면 자만심 때문이라고 합니다. 성공과 실패를 가름하는 것은 결국 우리들의 마음가짐과 태도입니다.

누구도 항상 현명할 수는 없습니다. 처음 생각했던 대로 일이 끝까지 진행되는 경우도 드뭅니다. 의도했던 결과가 나오지 않을 수도 있음을 늘 살펴야 합니다. 그래서 이 말은 꼭 마음에 새겨 두고자 합니다.

'자신감은 가지되, 자만하지 말라.'

마음 다이어트가 필요한 이유는?

마음에도 저울이 있어 가끔씩 우리는
그 눈금이 가리키는 무게를 체크해 보아야 합니다.

열정이 무거워져 욕심을 가리키는지,
사랑이 무거워져 집착을 가리키는지,
자신감이 무거워져 자만을 가리키는지,
자기 위안이 무거워져 변명을 가리키는지,
주관이 무거워져 독선을 가리키는지...(중략)

마음이 조금 무거워졌다고 느낄 땐
저울을 한번 들여다보세요.

김은주, 『1Cm+』

나이를 먹어 간다는 것은

물리적 시간은 누구에게나 똑같이 흐릅니다. 신이 인간에게 준 가장 공평한 것이 있다면 그것은 시간입니다. 그러나 심리적 시간은 그렇지가 않습니다. '자네의 법칙'이 있습니다. 프랑스의 심리학자 피에르 자네Pierre Janet의 책 『기억의 진화와 시간관념』에서 그의 숙부인 폴 자네Paul Janet의 설을 소개한 것입니다.

요지는 이렇습니다. 어릴수록 시간은 느리게 가고, 나이가 많을수록 빨리 가는 것처럼 느낀다는 것입니다. 예를 들어 사람에게 있어 열 살의 1년과 쉰 살의 1년을 수로 표현해 보죠.

열 살의 1년은 1년/10세 → 인생의 1/10

쉰 살의 1년은 1년/50세 → 인생의 1/50

즉 열 살에게 1년은 인생의 10분의 1이지만, 쉰 살에게는 인생의 50분의 1밖에 되지 않기 때문에 쉰 살의 1년이 열 살인 사람보다 5배 더 빠르게 느껴진다는 겁니다. 물론 나이가 60대, 70대로 더 들어가면 그 빠르기는 더욱 커질 테지요. 시간의 빠르기가 50대는 시속 50㎞이지만, 80대는 시속 80㎞라는 말이 단순한 우스갯소리가 아님을 알 수 있습니다.

또 다른 심리학 실험도 있었습니다. 심리학자 피터 망간Peter Mangan은 20대 대학생 그룹과 60~80세 노인 그룹에게 마음속으로 3분을 헤아리게 하고 3분이 되는 시점에 버튼을 누르게 하였습니다. 결과는 20대 대학생 그룹이 버튼을 누른 시점은 평균 3분 3초였고, 노인그룹이 버튼을 누른 시점은 평균 3분 40초였다고 합니다. 젊은 학생들은 비교적 시간의 흐름을 정확하게 마음속으로 잴 수 있었지만, 노인들은 3분 40초를 3분이라고 생각했던 겁니다. 같은 시간이라 하더라도 노인들이 느끼는 시간이 더 빠르게 흘러간다는 것이 실험을 통해 확인된 것입니다.

영국 BBC가 제작한 다큐멘터리 프로그램 <Time>도 비슷한 실험결과를 보여줍니다. 1분이 설정된 타임워치를 주고 마음속으로 1분을 센 후 타임워치를 누르게 했습니다. 결과는 상대적으로 젊

삶의 변곡점, 마음 다이어트가 필요해

은 사람일수록 1분 전에 눌렀고, 노인은 1분이 지난 후에 눌렀다고 합니다.

이처럼 심리적 시간은 나이에 따라, 처한 상황에 따라 각기 다를 수 있습니다. 노인과 젊은이, 사장과 직원이 느끼는 심리적 시간의 빠르기는 다를 겁니다. 한편에서는 '시간이 없다니까. 빨리빨리!'라고 하는데, 다른 한편에서는 '새털같이 많은 게 시간이야. 서둘 필요가 없다니까!'라고 합니다.

나이가 들수록 시간의 흐름이 빠르게 느껴지는 것은 앞으로 살아갈 날이 적기 때문일 터입니다. 이렇게 생각하니 애잔한 마음이 앞섭니다. 그러나 인간인 이상 생로병사生老病死의 숙명은 피할 길이 없는 것이지요. 젊음을 자랑하지 말고, 늙음을 한탄할 일이 아닙니다. 박범신의 소설 『은교』에서 주인공 이적요의 말이 해가 갈수록 참 마음에 와닿습니다.

"너의 젊음이 너의 노력으로 얻은 상이 아니듯, 나의 늙음도 나의 잘못으로 받은 벌이 아니다."

나이는 숫자에 불과합니다. 얼마 전 퇴직자 모임에 가서 은퇴한 지 10년이 다 된 직장 선배를 만났습니다. 상사로 모시기도 했고 퇴직 후에 처음 뵙는 것이라 많이 반가웠습니다. 그런데 아무리 평균 기대수명이 늘었다고 해도 세월의 흔적은 지울 수가 없었습니다. 백발과 얼굴의 주름은 그렇다 쳐도, 과거에 또박또박하고 낭랑한 목소리가 사라지고 조금은 어눌한 말투가 마치 다른 분을 보는 듯했으니까요.

선배님은 어디 여행이라도 다녀온 듯한 캐주얼한 복장을 하고 있었는데, 참 잘 어울리는 것 같아 한 말씀 드렸습니다.

"선배님, 옷 입는 센스는 은퇴하시기 전보다 더 세련된 것 같은 데요. 많이 젊어 보이십니다." 그러자 선배님께서 말씀하셨습니다.

"그런가? 사실 나는 요즘 일부러 캐주얼만 입는다네. 내 또래 친구들 보면 대부분 옷만 보아도 70살 넘은 노인으로 보이는데 난 그게 싫거든."

선배님께서 다시 말씀하셨습니다.

"인생, 끝날 때까지 끝난 게 아니야. 나는 TV도 생각 없이 보지는 않아. 요즘 유행하는 패션이나 세련된 말이 있으면 써먹으려고 메모도 하고 그런다네."

'인생 끝날 때까지 끝난 게 아니라'는 선배님의 호기로운 말씀이 지금도 귓가에 쟁쟁합니다.

당신이 헛되이 보낸 오늘은
어제 죽어간 이들이 그토록 살고 싶어 하던 내일이다.
내가 아직 살아 있는 동안에는 나로 하여금 헛되이 살지 않게 하라.

랄프 왈도 에머슨

화火를 낼 때와 참아야 할 때

살다 보면 화날 일이 참 많습니다. 어처구니없는 실수를 한 자신에게 화가 나고, 나의 의도와 기대에 맞추지 못하는 주변 사람들에게 화가 나고, 각박하고 천박한 세태에 화가 나기도 합니다.

극강의 마음 수련을 했거나, 해탈의 경지에 이르지 않고서야 치미는 화를 다스릴 수 있는 사람이 얼마나 있겠습니까. 누가 보아도 화가 날 상황인데, 화를 내지 않고 그냥 넘어가는 사람이 오히려 이상하게 보입니다.

저 역시 그러했습니다. 젊은 한때는 그러한 화냄이 패기이고,

자신감의 표현이라고 생각한 적도 있습니다. 화를 냄으로써 나의 실존을 확인하고, 스트레스도 풀 수 있으리라고 생각했습니다. 그리고 스스로에게 '내가 화는 내지만, 뒤끝은 없어'라고 말했습니다.

그러나 완벽한 착각이자 자기합리화였습니다. 그 착각과 자기합리화에 힘입어 본인 스스로 분노조절 장애의 늪으로 점점 빠져드는 것도 모른 채 말입니다. 자기 마음에 들지 않는다고 짜증이나 화부터 내게 되면 주변에서는 속으로 '다혈질이고, 성질 더러운 사람이군. 구제 불능이야!'라는 비웃음을 살 수밖에 없습니다. 결국, 모난 돌이 정을 맞게 되어 있습니다.

저는 화를 잘 참지 못했습니다. 그러다 어느 순간부터 화를 잘 다스리지 못하는 스스로에게 혐오감이 들었고, 얻는 것보다 잃는 것이 더 많은 상황을 후회하게 되었습니다. 결국, 화를 내는 쪽이 싸움에서 질 가능성이 크다는 사실을 알게 되었습니다.

화는 여러 형태로 표출됩니다. 가볍게는 표정으로, 조금 더 해서는 말과 글로 그리고 가장 심하게는 대개 폭력을 수반한 행동으로 나타납니다. 화는 칼과 같다는 생각이 듭니다. 비유하자면 이렇습니다. 표정으로 화를 내는 경우는 허리에 차고 있는 칼을 상대방에게 슬쩍 내비쳐 주는 정도이겠지요. 말과 글의 경우는 허리춤의 칼을 풀어 내보여 주는 경우이고, 행동하는 것은 그 칼을 휘두르는 상황과 같지 않을까요?

공교롭게도 참을 인忍이라는 글자에도 칼刀이 들어 있습니다.

욕망이나 분노의 마음을 칼로 베듯 참고 다스려야 한다는 의미일 터지만, 화는 곧 마음의 칼과 같으므로 신중에 신중을 기해야 한다는 의미로도 읽힐 수 있습니다.

이쯤에서 화를 어떻게 조절할지를 생각해 봅니다. 아무리 너그러운 사람도 화를 내지 않기는 어렵습니다. 무작정 참기만 하는 것도 능사는 아닙니다. 때로는 화를 내어야 할 상황이 분명 있기 때문입니다.

그렇다면 가장 중요한 것은 화를 낼 상황인지 아닌지를 판단하는 것입니다. 판단은 냉정해야 합니다. 정말 부조리하거나 정의롭지 못한 것에 대해서는 응당 화를 내야 합니다. 이때는 소극적 표현이 아니라, 적극적인 말과 글 그리고 행동으로 표출해야 할 터이지요. 만약 이런 상황에서 침묵한다면 비겁한 사람이라는 비난을 받아 마땅합니다.

하지만, 우리가 일상의 인간관계에서 접하게 되는 대개의 경우는 다릅니다. 화를 내기보다 상대방을 이해하려고 노력해야 할 때가 많은 듯합니다. 부득이 화를 내더라도 상대에게 상처가 되는 것은 피해야 합니다. 저의 경험상 그것이 문제 해결에 이르는 최단 거리 과정은 아니더라도, 서로 간에 공감과 신뢰를 쌓아 나감으로써 더 큰 문제를 해결할 수 있는 토대를 만드는 것임은 확신합니다. 고백하건대, 저는 이 진리를 너무 늦게 깨달은 것 같습니다.

'忐忑不安탐특불안'이라는 사자성어가 있습니다.
탐忐은 마음이 허하고 끓어오르는 상태를 말하고,
특忑은 마음이 푹 가라앉은 상태를 의미합니다.
오르락내리락하는 인간의 나약한 마음을 이렇게 맛나게 표현하기도 합니다.

삶의 변곡점, 마음 다이어트가 필요해

물水에 관한 단상

~~~~~~~~~~

생명을 유지하는 데 가장 기본적이고 중요한 것이 무엇일까요? '333 법칙'은 인간이 생존할 수 있는 최소 조건으로 공기 없이 3분, 물 없이 3일, 음식 없이 3주를 버티지 못한다는 것입니다. 맑은 공기와 깨끗한 물의 가치가 점점 커지고 있지만, 공기와 물의 소중함을 우리는 너무 가볍게 보고 있지 않나 하는 생각이 듭니다.

공기와 물의 소중함을 충분히 인식하지 못하는 가장 큰 이유는 늘 우리 곁에 당연히 있다고 생각하기 때문입니다. 그러나 상황이 빠르게 바뀌고 있습니다. 물 문제만을 놓고 보겠습니다. 한 번씩 불어오는 강력한 태풍 따위를 빼면 우리는 자연환경이 쾌적한 복 받은 나라에 살고 있습니다. 물 부족 국가라는 데 논란의 여지가 있지만, 적어도 아직은 물을 쓰는 데 크게 부족함이 없는 것이 사실입니다. 또한 수돗물을 식수로 바로 사용할 수 있다는 것도 큰 장점이지요. 그런데 전 지구적 기후변화로 인해 이러한 상황이 얼마나 지속될지는 미지수입니다. 우리가 이제까지 누려왔던 혜택들이 점점 사라지고 있다는 느낌을 지울 수 없습니다.

시골에 가면 안타까운 것이 하나 있습니다. 어릴 때 늘 맑은 물이 흘렀던 마을 앞 개울에 이제는 큰 비가 오지 않는 이상 옛날처럼 물이 흐르는 것을 기대하기가 어렵게 되었습니다. 그때 저 개울에서 살던 다슬기며, 꺽지, 미꾸리, 가재 등은 지금 어디서 살고 있을까요? 다시 보고 싶습니다.

예전보다 연간 강수량의 편차가 크지 않음에도 개울에 물이 마르는 가장 큰 이유는 무엇일까요? 여러 가지가 있겠지만 가장 큰 이유는 물을 너무 무분별하게 사용하고 있기 때문이라고 생각합니다. 사실 과거에 비해 산에 나무는 더욱 울창해졌습니다. 산에 나무가 많으면 비가 일시에 어지간히 많이 오더라도 물을 가두는 역할을 합니다. 그래서 홍수도 막을 수 있고, 그 가두어진 물이 조금씩 배출되어 도랑물이 마르지 않고 흐르는 겁니다. 그런데도 도랑물이 거의 메말라 있는 것은 다른 이유가 있기 때문입니다. 바로 지하수를 과도하게 뽑아 올린 것이 중요한 원인의 하나라고 보아야 합니다.

  고향 마을 근처에는 유명한 미나리 재배 단지가 있습니다. 청정지역이고 계곡이 깊어 하천에 유량도 풍부한 곳입니다. 미나리 맛도 천하일품이지요. 이 지역 미나리에 대한 브랜드 인지도가 워낙 높아 미나리 철에는 각지에서 오는 사람들로 미어터지고, 전국적으로 배달되는 물량도 상당합니다. 대규모 미나리 재배는 풍부한 물 없이는 불가능합니다. 그러다 보니 계곡에서 흘러나오는 물로는 역부족하여 관정을 뚫어 지하수를 퍼 올리기 시작했습니다. 그 결과 지하수맥도 점점 고갈되기 시작한 것입니다. 그러니 계곡에 물이 마를 수밖에요.

  지금처럼 큰 어려움 없이 물을 쓸 수 있는 것은 하늘이 우리에게 준 큰 행복입니다. 이렇게 생각하게 된 계기가 있습니다. 사막지역에서 '카나트'라는 지하 수로를 만드는 것을 접하고부터입니다. 중앙아시아 지역에서는 '카레즈'나 '칸칭' 등의 명칭을 사용하기도 하는데, 대부분의 사막 지역에서 발견됩니다.

  건설 과정은 대체로 이렇습니다. 마을과 떨어진 산기슭에서 지하 수원을 발견하면 우리나라의 우물처럼 지상에서 수직 갱도를 파고 내려갑니다. 그 깊이는 십수 미터에 이르고, 더 깊이 파야 할 때도 있습니다. 그러고는 지하수가 솟는 곳에서부터 시작하여 마을까지 약간의 경사를 가미한 수평 갱도를 팝니다. 파낸 흙을 운반하고 수로를 유지 보수하기 위해 중간중간에 또 다른 수직 갱도를 일정한 간격으로 건설합니다. 이 모든 일이 사람의 힘으로 이루어집니다. 그러니 카나트의 건설과 유지관리 과정은 참으로 어려우며 때로는 목숨을 걸어야 할 때도 많다고 합니다. 예를 들어 이란 카나트에서 작업하는 사람들의 작업복은 하얀색 면포로 만들어져 있습니다. 어둠 속에서 일할 때 눈에 잘 띄기도 하지만, 사고로 사망하면 따로 수의를 장만하지 않아도 되기 때문이라고 합니다. 수의를 입고 작업에 임해야 할 정도로 그 과정이 치열했던 것입니다. 물은 곧 생명입니다.

물은 정신적 수양과 마음공부에도 많은 영감을 줍니다. 맹자는 "흐르는 물은 웅덩이를 채운 후에 흘러간다盈科後進"고 했습니다. 물은 흘러가다가 움푹 파인 웅덩이를 만나면 빈틈없이 꽉꽉 채웁니다. 그리고 비로소 다시 흘러가는 법입니다. 우리의 인생이나 공부도 같은 이치입니다. 인생을 살다가 어려움을 만나거나 힘든 상황을 맞이하면 함부로 나아가지 않고 차분하게 그 상황을 기다리고 겪어냄으로써 힘을 쌓은 다음 비로소 새로운 길로 나아가야 합니다. 공부의 경우도 단계를 밟아가며 차근차근 해 나가는 것이 견실한 공부입니다.

원칙과 상식이 잘 통하지 않는 어지러운 세상을 살아가면서 물에 대한 선현들의 통찰력의 깊이에 저절로 머리가 숙여집니다. 물은 우리의 생명을 살리고, 혼탁한 정신을 정화합니다. 항상 물의 의미와 고마움을 새기며 살려고 합니다.

삶의 변곡점, 마음 다이어트가 필요해

가장 좋은 것은 물과 같다.

물은 온갖 것을 이롭게 하면서도 다투지 않고

모든 사람이 싫어하는 낮은 곳에 머문다.

그러므로 도에 가깝다.

머물 때는 물처럼 땅을 좋게 하고,

마음을 쓸 때는 물처럼 그윽함을 좋게 하고,

사람을 사귈 때는 물처럼 어짊을 좋게 하고,

말할 때는 물처럼 믿음을 좋게 하고,

다스릴 때는 물처럼 바르게 하고,

일할 때는 물처럼 능하게 하고,

움직일 때는 물처럼 때를 좋게 하라.

오로지 다투지 아니하니 허물이 없다.

上善若水 水善利萬物而不爭 處衆人之所惡 故幾於道 居善地

心善淵 與善仁 言善信 正善治 事善能 動善時 夫唯不爭 故無尤.

노자

세 치 혀가

세 자 칼끼보다

무섭다

세상을 살아갈수록 세 치약 10cm 혀가 세 자약 100cm가 넘는 칼보다 더 무섭고 위험하다는 생각이 듭니다. 따뜻한 말 한마디가 엄동설한도 녹이지만, 차가운 말 한마디는 삼복더위에도 서릿발을 내리게 합니다. 진정이 담긴 말은 천 냥 빚을 갚는가 하면, 요망한 말에는 사람이 상하기도 합니다. 따뜻한 위로의 말을 들으면 희망이 보이는 듯하고, 힘내라는 격려의 말에 없던 용기가 생겨나기도 합니다. 반대로 얼음같이 차가운 질책은 사람을 더욱 주눅 들게 하고, 원망과 푸념이 날카로운 비수가 되어 온 마음을 후벼 파기도 합니다. 명심보감언어편에 이를 잘 보여 주는 구절이 있습니다.

"사람을 이롭게 하는 말은 따뜻한 솜과 같고, 사람을 상하게 하는 말은 날카롭기가 가시 같다. 좋은 말 한마디는 천금과 같고, 사람을 해치는 한마디는 칼로 베는 고통을 준다."

利人之言 煖如綿絮 傷人之語 利如荊棘
一言半句 重値千金 一語傷人 痛如刀割

말의 무서움은 비단 이것만이 아닙니다. 천박하거나 가식적인 말들이 넘쳐납니다. 거짓과 불의의 말들이 진실과 정의를 가리고 있기도 합니다. 이런 상황의 결과는 뻔합니다. 무엇이 진실이고 정의인지 판단하기가 어렵습니다. 말로써 서로 간에 반목하고, 반목이 또 다른 반목과 미움을 낳습니다. 언어폭력의 광풍이라 해도 될 지경입니다. 세상을 살 만큼 산 사람들이 이러고 있는데 젊은 사람인들 온전하겠습니까? 참 걱정이 됩니다. 언어폭력 때문에 우리 사회가 크게 한번 홍역을 치르지 싶습니다.

언어폭력이 일상화된 사회에서는 건전한 시민 정신을 기대하기 어렵습니다. 더불어 사는 삶을 지향하는 공동체의 가치와 규범도 해체가 가속화될 것입니다. 이러한 비정상적인 상황에서 벗어나야 합니다. 예의 있는 말, 품위 있는 말, 진실한 말, 절제된 말, 여유 있는 말이 절실합니다. 정도의 차이는 있겠지만, 조선 시대에도 상황은 크게 다르지 않았나 봅니다. 조선 중기의 유학자 윤휴는 『백호전서言說』에서 말을 할 때 어떻게 해야 하는지에 대해 다음과 같이 언급하고 있습니다.

> "다른 사람에게 자신을 과시하기 위한 말은 하지 않아야 하고, 다른 사람을 헐뜯는 말 또한 하지 않아야 한다. 진실이 아니면 말하지 않아야 하고, 바르지 못하면 말하지 않아야 한다. 말을 할 때 이 네 가지를 경계한다면, 말을 적게 하려고 애쓰지 않아도 저절로 그렇게 된다. 옛사람들은 '군자는 부득이한 경우가 아니면 말하지 않는다'라고 했고, '선한 사람은 말수가 적다'라고 했다. 꼭 말을 해야만 할 때 말하는 것이 바로 말을 적게 하는 것이다."
>
> 고전연구회 사암, 한정주, 엄윤숙, 『조선 지식인의 말하기 노트』

말은 때와 장소를 가려야 합니다. 반드시 말을 해야 할 때 침묵해서는 안 되고, 반드시 침묵을 지켜야 할 때 말하지 말아야 합니다. 분명한 것은 말 많음이 결코 좋은 것은 아니라는 겁니다. '간결하면서도 뜻이 깊은 말辭簡意深'이 좋은 말입니다. 말을 하기 전 어떤 말을 어떻게 할지 한 번 더 생각하는 자세가 필요합니다.

또 하나 중요한 것은 재치와 유머입니다. 같은 취지의 말이라도 직선적인 화법보다는 완곡한 화법이, 심각하고 무거운 표현보다는 재치 있고 가벼운 표현이 더 설득력 있습니다. 위트와 유머가 봄눈 녹듯 갈등을 풀어줄 때가 많습니다. 심각하게 여겨질 수 있는 상황에서 재치 있는 말은 긴장감을 풀어주고, 또 사람을 느긋하게 만들어 주기 때문입니다.

미국의 제40대 레이건 대통령은 말썽 많은 B-1폭격기 생산반대 여론이 높아진 가운데 새로운 방위용 항공기 제작 결정을 내렸습니다. 그러고는 "그것B-1폭격기이 항공기인 줄 내가 어떻게 알았겠는가. 나는 그것이 군용 비타민 줄 알았지"라고 시치미를 뗐습니다. 그러자 반대했던 쪽에서도 폭소를 터뜨렸고, B-1폭격기가 비타민만큼이나 필수불가결 하다는 것을 인식시킨 계기가 되었습니다.

오바마 대통령도 위트와 유머로 유명합니다. 백악관에서 열린 2016년 연례 출입기자단 만찬에서의 일입니다. 오바마 대통령은 "트럼프가 외교정책 경험이 없다고 하는데, 사실이 아니다"라고 지적했습니다. 그러면서 "트럼프는 그간 숱한 세계 지도자들을 만났다. 미스 스웨덴, 미스 아르헨티나 등등 많다"라고 너스레를 떨었습니다. 도널드 트럼프가 미스 유니버스 선발대회 조직위원장으로 대회를 개최한 것을 비꼰 것입니다. 이러한 위트로서 상대를 공격하면 참품위 있어 보이고, 듣는 상대방도 기분이 덜 상하지 않을까요?

설교가 20분을 넘으면 죄인도 구원받기를 포기한다.

마크 트웨인

관계, 그리운 사람이고 싶습니다

누군가가 물었습니다. "어떤 사람이 되고 싶으게요?"

누군가가 대답했습니다. "그리운 사람이 되고 싶어요."

지혜롭고 어진 사람일수록 요란한 흔적을 남기지 않습니다. 대밭
에 이는 청아한 바람처럼, 연못을 비추는 교교한 달빛처럼 말입
니다.

"대나무 그림자가 댓돌을 쓸어도 티끌 하나 일지 않고, 달빛이 연
못을 뚫어도 물에는 흔적 하나 없구나. 푸른 바다에 배 지나간 자취
찾을 수 없고, 청산에 학이 날되 흔적을 볼 수 없네."

竹影掃階塵不動 죽영소계진부동　月光穿沼水無痕 월광천소수무흔

滄海難尋舟去迹 창해난심주거적　靑山不見鶴飛痕 청산불견학비흔

새가 앉았다 떠날 때 가지가 가볍게 떨리듯이 좋은 사람의 행적은
여운으로 남겨질 테지요. 그 여운은 수수하고 소박합니다. 그래서
그 사람에 대한 그리움이 생기는 것이겠지요. 누군가에게 그리울
정도의 여운은 남겼으면 좋겠습니다.

좋은 인연善緣과

나쁜 인연惡緣

인연생기因緣生起라는 불교의 가르침이 있습니다. 하나의 인因이 여러 가지 조건緣에 의해 다른 많은 결과果를 만든다는 것입니다. 이 많은 결과가 다시 새로운 많은 인因이 되어, 각각의 '인因-연緣-과果'의 관계를 이룹니다. 이렇게 세상 만물이 인연생기 한다는 것이지요.

예를 들어보겠습니다. 소나무 씨앗이 흙 속에서 자라 장차 큰 재목이 됩니다. 여기서 소나무 씨앗은 인因이고, 그것이 자라난 재목은 과果입니다. 그런데 씨앗이 땅에 뿌려졌다고 해서 무조건 재목이 되는 것은 아닙니다. 토양地과 물水, 적절한 온도火와 바람風 등의 조건이 갖춰져 있어야 재목으로 자라날 수 있습니다. 이러한 조건을 연緣이라고 합니다. 이 재목은 다시 인因이 되어 책받침과 같은 물건果으로 만들어집니다. 책받침을 만드는 사람의 정성과 의지 그리고 기술은 당연히 연緣일 터이지요.

이제 이야기의 방향을 인간관계로 돌려보겠습니다. 사람과 사람의 만남은 아주 큰 인연이 맺어지는 것으로 보아야 합니다. '옷깃만 스쳐도' 인연이라고 하니까요. 그런데 우리가 맺는 인연 중에는 늘 간직하고 싶은 소중한 인연이 있는가 하면 혐오감을 주는 인연도 있습니다. 전자를 선연善緣, 후자를 악연惡緣이라고 합니다.

사람들은 좋은 인연은 더 잡으려고 애를 쓰고, 싫은 인연은 회피하려고 합니다. 그런데 이게 생각처럼 쉽게 될까요? 어렵습니다. 어떤 경우라도 한번 인연이 맺어지면 그 인연은 되돌릴 수 없습니다. 하늘에서 내리는 눈송이 하나조차 정확히 떨어져야 할 곳에 떨어진다고 하는데, 사람과 사람의 만남은 더 말할 필요가 없겠지요. 우리는 만나야 할 사람을 운명적으로 만난 것 뿐입니다.

인연에 대한 집착에서 벗어나야 합니다. 집착이야말로 희로애락喜怒哀樂의 근원이고 그로 인해 우리는 업을 짓게 됩니다. 지금의 인연이나 만남을 있는 그대로 받아들이는 것이 새로운 업을 짓지 않고 더 좋은 앞날을 만들어나가는 디딤돌이 됩니다.

여기서 꼭 짚어보아야 할 것이 사람의 의지입니다. 개인적인 생각과 의지에 따라 인-연-과의 과정이 다르게 나타날 수 있기 때문입니다. 즉 개인의 생각과 의지로서 어떤 업業, 산스크리트어로 Karma을 짓는지에 따라 그것이 인이 되고 과가 됩니다. 인과응보因果應報란 이를 두고 하는 말입니다.

좋은 인연은 아름답게 유지되도록 놓아두고, 나쁜 인연이라고 억지로 이를 회피하거나 부정할 일이 아닙니다. 나쁜 인연이란 생각을 버리고 차라리 풀어야 할 인연이라고 생각해 보면 어떨까요? 역설적이지만, 나쁜 인연을 만날 때가 그 나쁨을 해소할 가장 좋은 기회가 될 수 있으니까요. 만나고 헤어짐, 가고 옴이 세상의 이치입니다會者定離 去者必返. 오늘의 나쁜 인연이 언젠가 좋은 인연이 될지 누가 알겠습니까?

집착을 안 하는 방법이 뭘까요?
하는 건 방법이 필요한데, 안 하는 데 방법이 왜 필요해요? 안 하면 되죠!

유튜브 <법륜스님의 108초 즉문즉설> 제62회

삶의 변곡점, 마음 다이어트가 필요해

벗,

아름다운 만남

삶은 나 이외의 사람들과 만나는 만남의 과정입니다. 부모와 자식
으로 만나는 탄생부터 시작해서 많은 사람과 만남을 가지고, 그 모
든 만남이 실체적으로 끊어지는 죽음까지가 우리의 인생이니까요.

　가족과 핏줄로 맺어지는 관계를 제외한 모든 만남은 사회생활
과정에서 만들어지는 것입니다. 고향마을, 학교, 직장, 친목 단체
등을 매개로 사람을 만나고 이런저런 관계를 만드는 것이지요. 인
간을 사회적 존재라고 하는 이유입니다. 사회생활의 만남 가운데
에서도 가장 소중한 만남은 무엇일까요? 바로 진정한 친구를 만나

는 것입니다.

보통 친구라고 하면 고향 마을에서 어린 시절 함께 자란 죽마고우, 학창 시절 동기와 동창, 직장이나 친목 단체에서 의기투합한 동지 등이 대상이 됩니다. 사람을 아는 것과 친구로서 사귀는 것은 분명 다릅니다. 전자는 업무상 또는 사업상 알고 지내는 사람으로 정서적 유대가 그리 크지 않습니다. 이에 비해 친구는 특별한 이해관계가 없어도 상당 기간 서로 접촉하면서 정서적 유대감을 공유하는 사람입니다. 같이 식사를 할 때 누가 밥값을 내더라도 서로에게 부담이 되지 않는 그런 사이를 친구라고 할 수 있겠지요.

친구라고 하더라도 피를 나눈 형제 이상으로 막역한 친구가 있는가 하면, 그저 그렇고 시시껄렁한 친구들도 많습니다. 더욱이 친구 중에는 좋은 친구뿐만 아니라 나쁜 친구도 있습니다. 참 역설적입니다. 탈무드에는 세 부류의 친구가 있다고 합니다. 음식처럼 매일 필요한 친구, 약처럼 가끔 필요한 친구, 질병처럼 항상 피해야 하는 친구입니다.

사마천은 『사기史記』의 계명우기鷄鳴遇記편에서 네 가지 친구 유형을 이야기합니다. 서로의 잘못을 바로잡아주는 외우畏友, 서로의 어려움을 도와주는 밀우密友, 즐거움을 나누면서 함께 어울리는 일우昵友, 자신의 이익만을 취하는 도둑과 같은 적우賊友.

아무리 친구가 많아도 참된 친구 한 명만 못합니다. 참된 친구는 나를 알아주는 친구입니다. 백아절현伯牙絶鉉의 고사가 생각납니다.

삶의 변곡점, 마음 다이어트가 필요해

중국 춘추시대에 백아伯牙라는 거문고 명인이 있었습니다. 그의 벗 종자기鍾子期는 거문고 연주를 제대로 이해하고 감상하며 칭찬을 아끼지 않았습니다. 어느 날, 종자기가 죽어 거문고 소리를 들을 사람이 없게 되자 절망한 백아가 거문고 줄을 끊어 버리고 다시는 거문고를 타지 않았다는 고사입니다. 참 아름다운 이야기이지 않습니까?

진정한 친구는 이 세상 모든 사람이 나를 버릴 때 곁에서 함께 있어 주는 그런 사람입니다. 비가 오면 우산을 받쳐주기보다는 함께 비를 맞아 주는 사람입니다. 내가 알고 있는 수백, 수천 명 중에 진정한 친구라고 할 수 있는 사람은 정말이지 손에 꼽을 정도입니다. 진정한 친구란 그만큼 소중한 존재입니다. 오죽했으면 명심보감교우편에서도 "술과 음식을 함께 먹을 사람은 천 명이나 되지만, 위급하고 어려울 때 도와줄 친구는 하나도 없다酒食兄弟 千個有 急難之朋 一個無"고 했겠습니까?

한번 생각해 보십시오. 살아가면서 아픔이 없는 사람이 어디 있던가요? 그렇게 괴롭고 힘들 때 듬직한 친구가 없다면 얼마나 절망적일지 말입니다. 친구와 만나 소주 한잔하면서 처자식 앞에서는 차마 보이지 못할 눈물을 흘려도 부끄럽지 않을 그런 친구는 처자식 빼고 세상 그 무엇과도 바꿀 수 없는 나의 보배입니다.

친구끼리는 미안한 거 없다. 우리 친구 아이가!

영화 <친구>

속도보다는

깊이

노모포비아Nomophobia라는 말이 있습니다. 현대인의 정서적 특징을 나타내는 단어의 하나인데, 잠시라도 휴대폰이 없으면 정서적 불안을 느끼는 현상이라고 합니다. 그래서일까요? 요즘 가만히 보면 휴대폰과 사람이 마치 하나의 몸체인 듯합니다. 차를 타서, 무엇을 먹으면서, 도서관에서 공부하면서, 일하면서, 심지어 집에서 가족과 같이 있으면서도 손에서 휴대폰을 놓지 못합니다.

생활과 관련된 모든 것들이 온통 휴대폰의 조그만 모니터 속에 담겨 있는 것 같습니다. 큰 의미도 없어 보이는 모니터 속의 내용

삶의 변곡점, 마음 다이어트가 필요해

때문에 때로는 위안받고, 또 때로는 마음의 상처를 입기도 합니다. 이처럼 모니터를 통한 네트워크가 촘촘해지고 외부와 과도하게 연결Hyperconnected되는 삶의 패턴으로 말미암아 우리의 사고와 감정의 깊이, 인간관계의 깊이가 점점 얕아지고 있습니다.

윌리엄 파워스William Powers는 그의 책『속도에서 깊이로』에서 스크린 중심의 디지털 네트워크 의존에 따라 삶의 방식이 바뀌고 있다고 설명합니다.

최근 우리는 한 가지 일에 집중하지 못하고 끊임없이 새로운 일을 만듭니다. 예를 들어볼까요. 도서관에서 글을 쓰는데, 옆자리 학생이 자리에 앉자마자 공부하는 책과 휴대폰을 같이 책상 위에 올려두고 줄곧 번갈아 보고 있습니다. 공부하는 책을 보면서도 계속 문자 메시지를 주고받는 것 같습니다. 솔직히 제 상식으로는 이런 상황을 쉽게 이해하기가 어렵습니다.

또 하나는 우리의 사고와 행동이 외부지향적으로 변한다고 합니다. 자신과 자신을 둘러싼 주변을 돌아보며 '이 안에서' 무슨 일이 일어나는지 살펴보는 것이 아니라, 부산한 바깥세상을 내다보며 '저 밖에서' 무슨 일이 일어나는지에 온 신경을 집중합니다. 예를 들어 내가 블로그에 올린 글을 누가 읽었고 답글을 썼는지, 그 글에 대한 주변의 평판은 어떤지 등에 신경을 집중합니다. 또 이런 경우도 있습니다. 메시지를 보냈는데 답이 없습니다. 이때는 상대방의 진의를 확인하지도 않은 채 마음속으로 부정적인 방향으로 해석할 때가 많습니다. 심리학에서는 이를 '망상성인지Paranoid'라고 하는데, 이는 심각한 정서적 장애를 초래할 수 있다고 합니다.

이런 상황이라면 회사 일인들 제대로 될까요? 업무 집중도가 떨어지거나 외부 분위기에 좌우될 경우 그만큼 업무수행의 효율성이 떨어지는 것은 당연합니다. 오죽했으면 마이크로소프트, 구글 등 세계 최일류의 디지털 기업들이 부작용 극복을 위해 '정보과잉 그룹'을 만들었다고 합니다. 뉴욕 타임즈는 이를 빗대 "이메일의 홍수에 빠진 IT기업, 스스로 창조한 괴물과 마주하다!"라고 했겠습니까. 디지털 기술이 속도와 효율성을 높이는 경쟁력의 핵심이지만, 이제부터는 인간관계의 깊이에 대한 문제도 진지하게 고민해야 합니다. 이를 위해 파워스는 다음과 같이 제안합니다.

모니터에서 가급적 멀어져야 하고 오프라인 방식에 충실히 한다.
한 가지 생각, 한 가지 일에 집중하고 친밀한 사람들과의 소통을 강화한다.
종이책을 많이 읽고, 글을 쓰든 메모를 하든 직접 무엇인가를 쓰는 습관을 기른다.
디지털에 의존하는 시간을 줄이거나 일정한 범위 내로 한정한다.
집 안이든 집 밖이든 나만의 고요한 사색 공간을 마련한다.
디지털의 분주함에서 벗어날 수 있는 자신만의 방법아날로그 음악 감상 등을 고안한다.

타인의 시선과 평가로부터 완전히 자유로울 수는 없겠지요. 그러나 어찌 되었든 나의 주인은 '나'이기 때문에 외부에 휘둘리지 않고 주체적인 삶을 영위하여야 합니다. 스스로 주인의식을 가져야만 타인에 대해서뿐만 아니라 자신에 대해서도 정확한 평가가 가능한 것입니다. 외부지향적인 삶의 방식과 일정한 '거리두기'가 필요한 이유입니다.

이것은 일찍이 니체가 말하는 '거리의 파토스Pathos der Distanz'와도 맥락을 같이 합니다. 거리의 파토스는 자신의 삶을 긍정하고 운명을 사랑할 수 있게 해 주는 의지와 노력이라고 할 수 있습니다. 요즘처럼 과도한 디지털 의존이 노예와 같은 삶을 우리 스스로 만드는 것은 아닌지 냉정하게 반추해 볼 일입니다.

나는 고독 속에서 나만을 위한 실을 지어 번데기를 만들고,
그 번데기에서 빠져나와 더 나은 사회에 알맞은
더 완벽한 창조물로 다시 태어날 것이다.

헨리 데이비드 소로

아날로그는

살아 있다

어느 순간 디지털이 지배하는 세상이 되고 말았습니다. 우리의 일
상생활과 밀접한 관련이 있는 대다수의 기기들이 디지털 방식을 채
용하고 있습니다. 디지털 기기들은 빠르고 편리하고 정확합니다.

인터넷의 위키피디아는 원하는 검색어만 입력하면 개인이 일
주일 이상 열심히 자료를 찾고 정리해야 할 정보들을 한눈에 보여
줍니다. 휴대폰 하나만 있으면 통화는 물론이고 필요한 정보검색이
나 장 보기, 은행업무 보기, 음식 주문하기 등 안 되는 일이 없습니
다. 요즘은 이러한 모든 일들이 너무나 자연스럽습니다.

삶의 변곡점, 마음 다이어트가 필요해

어느 순간부터 우리는 디지털을 맹신하고 있습니다. 검색어 몇 개를 입력해 필요한 답을 얻는 데 익숙해져 있습니다. 디지털이 이렇게 좋은 것인데도 왜 마음 한편으로는 '이게 맞나?'라는 의구심이 드는 걸까요. 그렇다고 해서 첨단 문명의 이기를 거부하는 히피족 신봉자는 아닙니다. 눈 깜짝할 사이에 쏟아져 나오는 정보기술들을 두려워하거나 필요 없다고 생각하는 것도 결코 아닙니다. 잘만 활용되면 디지털 기술이 우리 삶을 더욱 풍요롭고 가치 있게 해주고, 해야 할 일의 효율성을 더욱 높여 줄 거라고 믿습니다.

문제는 '참을 수 없는 디지털의 가벼움'입니다. 디지털을 매개로 한 경박함이 싫은 겁니다. 디지털화된 기술에 과도하게 의존하는 경우 인간 스스로의 창발적 사고가 위축될 수도 있습니다.

예를 들어 보겠습니다. 세상은 점점 복잡해지고 불확실성도 커지고 있습니다. 우리가 해야 할 일들 또한 그러합니다. 가령 우리 조직의 핵심 사업이 예기치 못한 문제로 좌초될 위기에 처했다고 칩시다. 이때 필요한 것이 복잡하게 얽히고설킨 상황을 정리하는 것입니다. 현재 어떤 상황인지, 문제는 무엇이고 원인은 무엇인지, 대안은 어떤 것이 있는지 등 말입니다.

이런 일들을 컴퓨터가 할 수 있을까요? 저의 결론은 한계가 있다는 것입니다. 딥 마인드가 개발한 알파고 정도의 알고리즘을 가진 프로그램에 문제 해결을 위한 몇 가지 조건을 부여해서 분석할 수도 있겠지요. 그렇지만 이건 뭔가 몸에 맞지 않는 옷을 입은 것과 같습니다. 사람이 수행할 수 있는 일을 굳이 컴퓨터 알고리즘에 의존할 이유는 없습니다. 문제 해결 과정에서 디지털 기술의 도움을 받을 수는 있습니다. 그러나 일은 결국 사람이 합니다.

며칠 전 야간 산행을 가서 마치 오랫동안 만나지 못한 옛 친구를 본 듯 반가운 일이 있었습니다. 지인의 배낭 뒤에 매달려 있던 빈티지한 등유 램프가 그 주인공이었습니다. 건전지를 끼워 넣는 램프에서 더 나아가 보조 충전기를 사용하는 LED 램프가 대세인 요즘, 등유 램프는 아련한 옛 추억과 함께 부러움을 사기에 충분했지요. 산행을 마치고 오는 길에 생각했습니다. '아날로그는 살아 있다!'

인공지능AI과 빅 데이터 등으로 세상의 정보가 체계적이고 신속하게 관리되는 디지털 혁명 시대에 무슨 뚱딴지같이 아날로그적인 것을 예찬하느냐고 힐난할 수도 있습니다. 그러나 디지털이 감당하지 못하는 영역, 특히 디지털 기술에 맡겨서는 안되는 영역이 분명히 있습니다. 그리고 비록 투박하고 조금 불편하더라도 아날로그 방식에서 사람 사는 재미를 느낄 때가 많습니다. 디지털의 가벼움을 아날로그의 소박함과 진중함으로 메꾸어나갔으면 좋겠습니다.

질문,

공감의 미학

질문하는 인간, 호모 콰렌스Homo quaerens. 우리 삶은 온전히 질문과 답변의 과정일지도 모릅니다. 우리는 살아가면서 스스로에게 끊임없이 질문과 답을 하면서 판단하고 결정합니다. 다른 사람과도 질문과 답을 통한 의사소통 과정이 필수적입니다. 요컨대, 질문과 답변은 나 자신의 실존을 확인하는 것임과 동시에 사회적 관계를 만들어 나가는 토대가 되는 것이지요. 이렇게 본다면 '질문'은 크게 '자신'과 '타인'에 대한 질문으로 구분할 수 있겠습니다.

먼저, '자신'이 아닌 객체에 대한 질문입니다. 이 경우의 질문은 내가 모르는 것 또는 나의 호기심을 채우기 위한 질문과 상대방과의 소통을 이끌어 내기 위한 질문이 있을 수 있습니다. 전자가 매우 단순한 형태라면 후자는 나와 객체 간의 복잡한 상호 작용이 필수적입니다. 전자는 사실 확인의 문제이지만, 후자는 단순히 사실 확인에 그치지 않고, 서로 교감하면서 공통의 분모를 만들어 나가는 과정입니다.

어떤 사안을 두고 단순히 사실 관계를 알고자 하는 것은 엄밀히 말해 질문이 아닌 확인의 과정일 뿐입니다. 좋은 질문은 맞고 틀리고를 확인하는 것이 아니라, 상대가 어떻게 생각하고 있고 그 이유는 무엇인지에 초점이 맞추어져야 합니다. 질문하는 사람과 답을 하는 사람 간에 교감이 중요합니다. 질문하는 사람은 상대방의 생각의 흐름을 이해하고 있어야 하고, 상대방도 자신의 이야기를 듣는 사람으로 하여금 질문할 수 있는 시공간을 주어야 합니다. 만약 이러한 교감이 없다면 질문할 거리도 찾지 못할뿐더러, 설사 질문한다 하더라도 전혀 맥락이 맞지 않는 엉뚱한 이야기를 할 가능성이 커집니다.

예를 들어보죠. 얼마 전 최근 경제 상황을 주제로 저명한 평론가의 강의가 있었습니다. 그는 성실하게 자료를 준비하였고, 강의 진행도 매끄러웠습니다. 2시간 동안 진행된 강의 말미에 평론가는 말했습니다. "시간 관계상 세 분 정도 질문과 답변을 하고 강의를 마치겠습니다. 질문해 주십시오!" 그런데 조용합니다. 50명이 넘는

삶의 변곡점, 마음 다이어트가 필요해

청중들 중에서 질문하겠다는 사람이 없었습니다. 적막감이 이어지자 무안한 평론가가 말했습니다. "제 강의가 너무 완벽해서 질문할 거리가 없나 봅니다. 이만 마치겠습니다." 흔히 보는 모습이지 않은가요?

위의 사례처럼 질문이 없는 강의는 결코 잘된 강의가 아닙니다. 강의가 너무 완벽했기 때문에 질문할 거리가 없다는 것은 말이 안 됩니다. 강사 입장에서야 최선을 다한 강의가 만족스러울 수 있지만, 강의를 듣는 사람들에게 충분한 관심과 공감을 이끌어 낸 것이라고는 할 수는 없습니다. 시간이 부족해서 또는 다른 청중들에게 눈치가 보여 질문을 하지 않은 것이라고 강사 스스로 위안하지 말아야 합니다. 청중들이 '질문해도 뻔한 답을 할 텐데 그럴 필요가 없어!'라고 생각할 수도 있는 것이지요. 미안한 이야기이지만 그간의 경험에 비추어 보면 내용이 좋은 강의일수록 꼬리에 꼬리를 물고 더 많은 질문이 이어집니다. 이쯤 되면 강의라고 하기보다는 강의 주제를 두고 강사와 청중 간 또는 청중 상호 간의 토론이 되는 것입니다. 이런 강의가 훌륭한 강의입니다.

방향을 바꾸어 보겠습니다. 정말 중요한 질문은 스스로에게 하는 것입니다. 사실 내가 살아 있고, 무언가를 생각한다는 것은 스스로에게 묻고 답하는 과정의 연속입니다. 다시 말해 질문과 답변의 형식을 통해 끊임없이 나 자신과 대화하면서 어떤 판단을 하고 결정을 내립니다. 만약 그렇지 못하다면 '생각 없이 사는 사람'이라는 소리를 듣기 쉽습니다.

나에게 하는 질문은 어떤 것이어야 할까요? 마릴리 에덤스는 『질문의 기술』이라는 책에서 우리가 스스로에게 하는 질문을 '심판자'로서의 질문과 '학습자'로서의 질문으로 구분합니다.

심판자로서의 질문은 옳고 그름, 책임 소재, 상대방 공격이나 자기방어의 구실 따위를 묻는 것입니다. 심판자로 하는 질문은 갈등과 반목을 잉태합니다. 상대방을 비난하고 자신을 합리화하면서 논쟁으로 이어집니다. 그래서 심판자로서의 질문만을 하는 사람은 결국에는 자신의 아집에서 빠져나오지 못하고 '앞뒤가 꽉 막힌 고집불통'으로 각인되는 것이지요.

이에 비해 학습자로서의 질문은 옳고 그름을 따지는 것이 아닌 진실이 무엇인지를 고민하는 질문입니다. 또한 책임 소재가 누구에게 있는지가 아닌 상대방이 처한 상황을 이해하고 이를 어떻게 포용할 것인지, 상대방에 대한 공격과 자기방어의 구실을 찾는 것이 아니라 어떻게 하면 상대방을 배려하고 창조적 해결 방법을 모색할 것인지를 고민하고 질문하는 것입니다. 따라서 학습자의 태도로 질문하는 사람은 타인의 생각이나 행동이 나와 다름을 자연스럽게 받아들이고, 비난이나 논쟁이 아닌 포용과 대화에 가치를 두게 됩니다.

부부싸움을 떠올려 보죠. 싸움의 원인은 둘 다 심판자로서의 입장에 있기 때문이며 이를 바꾸지 않는다면 두 사람 사이의 갈등은 봉합되기 어렵습니다. 설령 대놓고 하는 싸움은 그만둔다 하더라도 앙금이 쌓이기 마련입니다. 가깝다고 생각하는 사람일수록 진정한 이해와 배려가 필요합니다. 그래서 애덤스는 강조합니다. 심판자의 입장에 설 수도 있지만, 냉정을 찾고 빨리 학습자의 태도를 가지라고 말입니다. 즉 상대를 심판하려고 하지 말고, 나 자신의 과오는 없는지를 먼저 질문해 보라는 것입니다. 이를테면 이렇게 말입니다.

상대방에 대한 나의 판단이 정말 객관적이고 합리적인가?

나에게 선입견이 있었던 것은 아닐까?

내가 상대방 입장이라면 어떻게 했을까?

지금 일어나고 있는 일들을 정확하게 인식하고 있는가?

당면한 문제와 그 원인이 무엇인지 이해하고 있는가?

현 상황을 판단하는 데 있어 활용 가능한 정보를 제대로 확보했는가?

나는 어떤 선택을 하려고 하는가? 그리고 그 선택이 최선일까?

사람은 완벽할 수 없습니다. 그렇기 때문에 매사에 질문하고 고민합니다. 고민과 질문의 결과로서 한 선택 역시 최선이 아닐 수도 있습니다. 그러나 적어도 최악은 아님을 확신합니다.

위대한 결과는 위대한 질문에서 비롯된다. 매사에 질문하라!

마릴리 애덤스, 『삶을 변화시키는 질문의 기술』

누군가를

탓하기 전에

질문을 하나 하겠습니다. 나 혼자가 아닌 여럿이서 더불어 하는 일이 있습니다. 이런 일이 처음 생각한 것처럼 잘 될 때가 많을까요? 아니면 처음 생각과 달리 안 되고 꼬일 때가 많을까요? 제 경우는 열에 한둘 정도는 처음 생각처럼 진행되고 나머지는 마음대로 되는 경우가 거의 없었습니다. 다들 비슷하지 않나요? 여럿이서 일을 하다 보면 의도와 기대에 어긋날 때가 일상다반사입니다.

처음의 의도와 다르게 일의 진행이 꼬인다고 느끼는 그 순간부터 부정적인 생각들이 마음을 어지럽힙니다. 내 허물은 생각하지

삶의 변곡점, 마음 다이어트가 필요해

않고 다른 사람의 잘못이 자꾸 눈에 들어옵니다. '저 사람이 일을 망쳐 놓았잖아!' 또는 '저 사람이 좀 더 잘했으면...' 일의 진전 과정에서 일 처리의 방법과 방향이 잘못되었다고 자책하는 경우도 많습니다. '이렇게 할걸' 또는 '저렇게 할걸...'

'내가 없으면 우리 회사는 바로 문제가 생길 거야'라고 으레 생각합니다. 정말 그렇습니까? 완벽한 착각입니다. 내가 없어도 회사는 잘 돌아갑니다. 더 극단적으로 말하면 내가 없으면 회사가 더 잘 돌아갈 수도 있습니다.

본인 입장에서만 주변을 보고 그 틀 속에 자신을 속박하는 것은 아닐까요? 본인이 생각한 것이 여러 가지 방법 중에 하나일 수는 있지만, 최선이라고 생각해서는 안됩니다. 그것은 자만이고 이기적인 생각입니다. 우리 모두 완벽하지 않다는 점을 인정해야 합니다. 특히 여럿이서 함께 일을 할 때는 더욱 그러합니다.

또 하나 중요한 포인트는 과정의 관리입니다. 일의 진행과정에서 몇몇 사람이 실수할 수 있습니다. 애초에 방향을 잘못 잡았거나 방법이 잘못되었을 수도 있겠지요. 이럴 때 질책부터 하는 사람이 더러 있습니다. 어느 누구에게 책임을 돌리는 것은 참으로 옹졸하고 비겁한 행동입니다. 고수들은 그렇게 하지 않습니다. 목표 달성 또는 성공을 위해 큰 틀에서의 과정관리가 필요합니다.

다른 사람을 탓하면서 황금 같은 시간과 에너지를 낭비할 이유가 없습니다. 꼬여 있거나 막혀 있는 문제를 신속하게 풀면 됩니다.

그리고 일의 진행이 애초에 의도한 궤도를 유지할 수 있도록 하는 것이 급선무입니다. 일처리 과정에서의 잘하고 못한 것은 일이 마무리된 뒤에 해도 늦지 않습니다.

삶의 변곡점, 마음 다이어트가 필요해

그냥 버려려 둬! Let it be!

누군가 도랑을 파헤쳐 물이 혼탁합니다. 이때 원래의 깨끗한 물로 되돌리려면 어떻게 해야 할까요? 그대로 내버려 두는 것이 가장 좋습니다. 물을 맑게 하려고 어설프게 도랑에 손을 대면 혼탁함만 더해질 뿐입니다. 세상일도 그러할 때가 많습니다. 골치 아픈 소란이나 문제가 생기면 선무당이 사람 잡듯이 대응하기보다 그때그때 형편대로 맡겨두고 때를 기다리는 것이 좋을 수 있습니다. 어떤 결정을 내려야 하는데 어찌해야 할지 도무지 갈피를 잡을 수 없다면 조금 거리를 두고 바라볼 필요가 있는 것이지요.

그런데 우리들은 뭔가 해야 한다는 강박에 사로잡혀 가만히 있지를 못합니다. 지나고 보면 그렇게 하는 것이 별로 의미가 없거나, 오히려 상황을 악화시키는데도 말입니다. 심리학에서는 이를 '행동 편향action bias'으로 설명합니다. 사람들은 어떤 상황에 처하게 되면 무엇이든 함으로써 심리적 안정을 추구하려는 경향이 있습니다. 비록 틀리거나 소용이 없을지라도 아무것도 안 하는 것보다는 낫다는 심리이지요.

축구 경기에서 가장 긴장되는 순간은 아마 페널티킥을 찰 때 일 겁니다. 볼을 넣어야 하는 사람도 막아야 하는 사람도 심리적 압박과 부담감이 어마어마합니다. 이를 지켜보는 관중들도 손에 땀을 쥐게 됩니다. 특히, 공을 막아야 하는 골키퍼의 경우 사람들이 갖는 행동 편향을 보여 주는 좋은 사례가 될 수 있습니다. 2007년 이스라엘 심리학자들이 311개의 표본을 분석한 결과 키커가 찬 공은 왼쪽, 가운데, 오른쪽으로 정확히 3분의 1씩 향했다고 합니다. 하지만 골키퍼들의 94%가 왼쪽 혹은 오른쪽으로 몸을 던져 막으려고 했습니다. 가장 막기 쉬운 가운데를 거의 포기한 것입니다.

골키퍼가 이렇게 할 수밖에 없는 것은 키커가 공을 차고 나서 움직이면 이미 늦습니다. 그래서 공이 올 방향을 예측하고 킥과 동시에 몸을 움직여야 합니다. 그렇다면 공이 가운데로 올 확률도 왼쪽이나 오른쪽과 같이 1/3인데, 골키퍼는 왜 가운데를 지키지 않고 대부분 왼쪽이나 오른쪽으로 점프를 할까요? 이유는 이렇게 설명할 수 있습니다. 실점을 했을 때 '멍청히 그 자리에 가만히 서 있기보다 어떤 방향으로라도 몸을 날리는 것이 심적으로 덜 괴롭다'는 겁니다.

축구 전문가들에 따르면 페널티킥에서 골키퍼가 행할 수 있는 최적의 전략은 먼저 예측하지 않고 가만히 서 있는 것이라고 합니다. 가운데로 오는 공은 높낮이에 관계없이 모두 막을 수 있지만, 좌우측으로 오는 공은 막아내기가 어렵기 때문입니다. 골키퍼가 좌우를 예측해 몸을 던졌을 때는 막을 수 있는 범위가 지극히 제한적입니다. 일단 반대로 오는 건 전혀 막을 수 없고, 가운데도 이미 몸을 던진 이상 막기가 어렵습니다. 요행히 방향을 제대로 예측했더라도 공을 모두 막을 수 있는 것은 아닙니다. 공의 높낮이와 코스, 속도가 인간의 운동능력을 넘어서는 경우는 막지 못합니다. 키커가 좌우 방향으로 찬 공을 막아낸 경우를 살펴보면 상당수가 가운데에 가깝게 온 공이라고 합니다. 반면 골대의 좌우측 코너 쪽으로 치우친 공을 신기에 가까운 능력으로 막아낸 사례는 극히 드뭅니다. 즉 골키퍼가 막은 걸 분석해 보면 거의 전부가 가운데에 몰린 공이었습니다. 그런데도 가운데를 지키지 못하고 왼쪽, 오른쪽으로 몸을 날리는 골키퍼의 행동 편향이 참 아이러니하고 재미있지 않은가요?

이러한 행동 편향 사례는 소소한 일상생활에서도 많이 볼 수 있습니다. 느긋한 휴일 오전, 천금 같은 시간을 마냥 흘려보내기가 아쉽습니다. 뭐라도 해야겠다며 괜히 가족들에게 부산을 떱니다.

"우리 오늘 영화 보러 갈까?", "나가서 같이 점심이나 먹자." 다들 떨떠름한 표정으로 대꾸합니다. "혼자 가. 나는 그냥 집에서 쉴 거야." 괜히 쉬는 사람 들쑤신다고 타박만 듣습니다. 모처럼 쉬는 날 그냥 좀 내버려 두라고.

나랏일을 하는 사람들도 그렇습니다. 하지 않아도 될 일을 하는 경우가 많습니다. 심지어는 일을 억지로 만들어서 하는 것 같습니다. 그냥 있자니 월급 받는 것이 부끄럽다는 듯이 말입니다. 노자는 도덕경에서 '큰 나라를 다스릴 때는 마치 작은 생선을 지지듯이 해야 한다治大國, 若烹小鮮'라고 했습니다. 이는 작은 생선을 지질 때 부스러지지 않게 하기 위해 자주 뒤집지 말아야 한다는 뜻입니다. 모름지기 나랏일이란 진중해야 합니다. 조변석개朝變夕改하는 나랏일 치고 제대로 된 것을 본 적이 없습니다.

오죽하면 파스칼이 '인간의 모든 불행은 그들이 방안에 조용히 머물러 있지 못하는 데 있다'라고 했을까요? 상황이 어렵거나 복잡하다고 느껴질 때 체념해서는 안 되겠지만, 무리해서 뭘 하다가는 탈이 날 때가 적지 않습니다. 그냥 두고 볼 필요도 있습니다. 꼭 해야 할 일이라면 한 번 더 생각하는 여유를 가지는 것은 어떨까요?

Mother Mary comes to me speaking words of wisdom. Let it be!

비틀즈, <Let it be>

삶의 변곡점, 마음 다이어트가 필요해

배고픔은 참아도

배 아픔은 못 참는다

1995년 미국 코넬대학교 심리학과의 빅토리아 메드벡Victoria Medvec 과 토마스 밀로비치Thomas Gilovich 연구팀이 재미있는 연구결과를 발표했습니다. 1992년에 있었던 스페인 바르셀로나 하계 올림픽에서 은메달을 딴 23명의 선수와 동메달을 딴 18명의 선수의 행복지수를 조사했습니다. 금메달을 딴 선수를 10점 만점 기준으로 했을 때, 은메달을 딴 선수들의 행복지수는 4.8, 동메달을 딴 선수들의 행복지수는 7.1로 나타났습니다. 은메달을 딴 사람들의 행복감이 동메달을 딴 사람보다 못한 겁니다. 왜 이런 결과가 나온 것일까요?

은메달을 딴 선수들의 비교 대상은 금메달리스트였습니다. 천신만고 끝에 결승까지 올라갔고, 금메달을 거머쥘 수 있었습니다. 하지만 패해서 은메달에 머물러야 했습니다. 그 상실감이 은메달이라도 목에 걸 수 있었다는 행복감보다 더 큰 것이지요. 이에 비해 동메달을 딴 선수들의 다수가 4등을 한 선수들을 비교 대상으로 삼았습니다. 즉, 그들은 4등을 한 선수들을 보면서 위안을 얻고, 올림픽 메달리스트가 되어 시상대에 설 수 있었던 것을 자랑스럽게 생각한 겁니다.

은메달을 따고서도 행복감이 낮은 사람의 감정은 질투와 선망, 열등감 등이 복합적으로 나타난 결과입니다. '내가 최고가 될 수 있었는데, 그 기회를 놓치다니! 이 상황을 받아들이기 힘들어'라는 마음을 떨쳐버리지 못하기 때문입니다. 이는 당연합니다. 그 사람의 수양이나 정신적 성숙이 떨어져서 그런 것이 아니라 부인할 수 없는 인간의 심리적 특징인 것이지요.

'사촌이 땅을 사면 배가 아프다'라는 속담도 이러한 인간의 심리적 속성을 잘 보여줍니다. 이때의 배 아픔은 실제로 몸에 이상이 생겨 나타나는 통증이 아닌 순전히 심리적 현상입니다. 이것을 달리 표현하면 '질투'와 '시기'라고 할 수 있습니다. 질투와 시기는 인류의 역사와 함께해 왔습니다.

그런데 질투와 시기라는 배 아픔의 실체는 그리 단순하지가 않습니다. 긍정적 측면과 부정적 측면을 모두 갖고 있습니다. 배 아픔의 감정이 비교 대상을 따라잡고 그를 능가하도록 해 주는 동기부여가 되기도 합니다. 이때의 배 아픔은 알프레드 아들러의 지적처럼 정확하게는 열등감이라고 보아야 합니다. 열등감을 극복하려는 마음이야말로 본인뿐만 아니라 전체 사회의 성장과 발전에 중요한 에너지원이 될 수 있습니다. 반면, 심리적 배 아픔은 상대의 성공을 폄훼하고 자신의 부족함을 냉정하게 바라보지 못하게 합니다. 자신이 잘못한 생각은 하지 않고 남 탓만 합니다.

사람들은 배고픔은 참아도 배 아픈 것은 못 참는 것 같습니다. 이건 스스로 가진 능력이나 노력을 헤아려보지 않고 '내가 가진 것이 이만큼이니 너도 내가 가진 만큼만 가져야 되고 그 이상은 용납할 수 없어!'라는 말과 다르지 않은 것이지요. 이래서야 우리 사회가 온전히 지금보다 더 발전해 나갈 수 있을까요?

여기서 드는 의문이 있습니다. 배고픔과 배 아픔을 어떻게 바라보아야 하고 이 중 어느 것에 더 삶의 가치를 두어야 할까요? 이는 시대 상황에 따라 다를 수 있습니다. 반세기 전까지만 해도 우리에게 가장 절박한 문제는 배고픔이었지만, 이제 어느 정도 해결되었다고 볼 수 있습니다. 크게 보아서 그렇다는 겁니다. 배 아픔은 배고픔이 해결되면서 나타나는 상대적 박탈감의 문제입니다. 대부분의 사회적, 경제적 갈등과 불만들은 이와 관련된 것이라 하겠습니다. 최근 흙수저니 금수저니 하는 이야기가 부쩍 많은데 이것 역시 같은 맥락에서 이해할 수 있습니다.

그런데 참 걱정스런 부분이 있습니다. 이 문제를 자꾸 '가진 자와 못 가진 자의 반목' 프레임으로 보려고 하는 것 말입니다. 이분법적 사고는 매우 위험합니다. 대안이 없을까요? 상대를 인정하고 배려하는 것, 즉 역지사지易地思之의 자세가 필요합니다.

흙수저라고 생각하는 사람들에게 묻습니다. "자신보다 뛰어난 부분을 인정하고 진심으로 축하해 주고 있습니까?", "운이나 환경, 다른 사람을 탓하기 전에 본인 스스로 기회를 찾기 위해 할 수 있는 모든 노력을 다하고 있나요?"

금수저라고 생각하는 사람들에게 묻습니다. "지금의 상황에 이르게 된 것이 진정 본인의 능력과 노력의 결과라고 생각합니까?", "가난하고 어려운 사람의 입장을 얼마나 잘 헤아렸나요?", "진심으로 이들을 이해하려고 해 보신 적이 있나요?"

자기 집 두레박줄이 짧은 것은 탓하지 않고 남의 집 우물 깊은 것만 탓한다.
不恨自家汲繩短 只恨他家苦井深

『명심보감』 성심편

삶의 변곡점, 마음 다이어트가 필요해

그 말,

책임질 수 있나요?

말에는 책임이 따릅니다. 이때 책임에는 세 가지 의미가 있습니다. 첫째, 말과 행동이 일치해야 합니다言行一致. 말과 행동은 바늘과 실 같은 관계입니다. 같이 가야 하고 간격이 없어야 한다는 의미이지요. 둘째, 말로써 다른 사람에게 상처를 주었다면 그 책임을 져야 합니다. 때로 혀는 칼보다 무서운 무기입니다. 그 무기를 무분별하게 사용하였다면 응당 그 책임을 져야겠지요. 셋째, 자신의 주장이나 입장을 말로 표현했다면 이를 합리적으로 입증할 수 있어야 합니다. 헛소리나 요망한 말을 함부로 하지 말라는 겁니다.

우리의 현실을 한번 볼까요. 책임지지도 못할 말들이 난무합니다. 행동은 없고 말만 요란합니다. 자기가 엉뚱한 말을 하고서도 언제 그랬냐는 듯 철면피로 일관하는 사람이 주위에 허다합니다. 칼보다 더 예리하고 살벌한 말, 겉으로는 점잖은 것 같지만 사실은 상대를 자극하기 위한 가식적이고 위선적인 말을 아무런 거리낌 없이 내뱉습니다. 온갖 미사여구로 야바위 장수가 약을 팔듯이 사람들을 현혹합니다. 특히 정치하는 사람들 말입니다.

말에 따르는 책임을 생각하면 요즘 세태가 눈 뜨고 볼 수 없고 目不忍見, 귀로 들을 수 없는耳不忍聽 지경입니다. 특히, 인터넷에서 횡행하는 막말은 위험 수위를 한참 넘었습니다. 사이버 명예훼손 사건이 2014년 7,447건에서 2018년 1만 4,661건으로 불과 5년 만에 두 배나 늘었다고 합니다. 익명의 인터넷 공간에서 떠돌아다니는 언어들에서는 살의마저 느껴집니다.

폭력적 언어들이 난무하는 댓글 창을 차라리 없애 버렸으면 좋겠다는 생각을 한두 번 한 것이 아닙니다. 욕설 같은 험한 말은 아예 입력을 원천 차단해야 합니다. 막말과 허위 글로 다른 사람에게 해를 끼치는 데 대해서는 엄격하게 책임을 물어야 합니다. 일상생활에서나 인터넷에서 막말 좋아하는 사람들이 꼭 기억해야 할 것이 있습니다. 자신이 한 막말이 결국은 자신에게 부메랑으로 되돌아온다는 것을 말입니다.

명색이 가방끈이 긴 지식인이라는 사람들은 또 어떻습니까?

삶의 변곡점, 마음 다이어트가 필요해

방송 매체 등에서 현란한 말로 혹세무민하는 이들의 모습에서 더이상 양심적 지식인의 모습은 발견할 수가 없습니다. 부끄러움을 알아야 합니다. 지금 당장에는 그냥 넘어갈 수 있겠지만, 진실은 언젠가 드러납니다. 깊이 없는 알량한 지식으로 사람들을 가르치려고 해서는 안 됩니다. 아직 우리 사회에는 내세우지 않더라도 학문적으로 심오하고 양식 있는 분들이 많기에 그나마 위안이 됩니다.

논어에서도 '행동보다 말이 앞서는 것을 부끄러워해야 한다恥其言而過其行'고 하였습니다. 그것은 실이 꿰어 있지 않은 바늘과 마찬가지입니다. 부모나 스승은 물론이고, 직장 상사든 나라의 지도자든 어른으로 제대로 대접받으려면 몸소 자신의 행동을 본보기로 보여주어야 합니다. 자신은 실천하고 행동하지 않으면서 말로만 남을 이끌려는 사람, 아무렇지 않게 막말하기 좋아하는 사람, 그리고 혹세무민하는 사람에게 묻지 않을 수 없습니다.

"그 말 책임질 수 있습니까?"

'내가 말하는 대로 해라'라고 말하는 사람은 많지만,
'내가 하는 대로 해라'라고 말할 수 있는 사람은 거의 없다.

하워드 헌트

기억의 저편,

잊힐 권리를 생각한다

개인이나 조직의 민감한 정보가 거의 무제한으로 확산, 공유되고 있습니다. 특히 현재 시점에서 보았을 때 전혀 사실과 맞지 않은 과거의 정보들이 인터넷 공간을 유령처럼 배회하고 있습니다. 나와 가족, 친한 사람들에 대한 정보 등 공개를 원하지 않는 정보들까지 무방비 상태로 타인의 관심거리나 가십거리가 될 수 있다는 것이 공포감을 줍니다.

이러한 현상이 만연하는 가장 큰 이유는 온라인 정보 생성의 용이성, 저렴한 유통비용, 손쉬운 검색 등에 기인합니다. 또한 공간

삶의 변곡점, 마음 다이어트가 필요해

적 구속성도 없습니다. 한번 생성된 정보는 거의 글로벌 범위로 유포됩니다. 그래서 '삭제'가 불가능한 현실을 만들고 있는 것이지요. 개인이 생성한 정보가 본인과 관련된 것이라 하더라도 마음대로 이를 삭제할 수도 없습니다. 이를 삭제할 수 있는 권한은 포털 사이트, 언론 기관 등과 같은 기업에게 있기 때문입니다. 한번 인터넷에 올린 정보를 삭제·폐기하는 데는 많은 시간과 노력이 소요되며, 완벽히 삭제된다는 보장도 없습니다. 한마디로 지금의 디지털 환경은 세상에 모든 정보를 무제한으로 포식하고 있습니다. 이를 적절히 제어하는 기제는 갖지 못한 괴물이 되고 만 것입니다.

이러한 상황에서 중요한 논쟁 가운데 하나가 '잊힐 권리'입니다. '잊힐 권리Right to be forgotten'는 인터넷에서 생성·저장·유통되는 개인의 사진이나 거래 정보 또는 개인의 성향과 관련된 정보에 대해 소유권을 강화하고 이에 대해 유통기한을 정하거나 이를 삭제, 수정, 영구적인 파기를 요청할 수 있는 권리 개념을 말합니다.

스페인 변호사 마리오 코스테하 곤살레스Mario Costeja González는 2010년 구글에서 자신의 이름을 검색했다가 깜짝 놀랐습니다. 1998년 빚 때문에 그의 집을 강제 경매한다는 일간지 기사가 검색되고 있었기 때문입니다. 10년도 넘은 일이고, 문제가 완전히 해결된 사안이었습니다. 그는 자신의 명예가 실추되고 있다며 구글에 기사 삭제를 요청했습니다. 하지만 거절당했고, 이 사건은 결국 유럽 사법재판소까지 가게 되었지요. 2014년 5월 유럽 사법재판소는 곤살레스의 손을 들어 주었습니다. 구글에 해당 기사로 연결되는 링크를 삭제하라는 명령을 내린 것이지요.

2018년 7월에는 네덜란드에서 비슷한 일이 있었습니다. 암스테르담의 한 외과의사가 의료 과실로 징계위원회로부터 '의사 자격정지' 징계를 받았습니다. 하지만, 자격정지는 조건부로 연기되어 진료를 재개할 수 있었다고 합니다. 그럼에도 인터넷에서 이 의사의 이름을 검색하면 경멸적 표현으로 가득했습니다. 소송을 제기한 의사 쪽은 이를 '디지털 족쇄'라고 주장하며 삭제를 요구했습니다. 그러나 구글과 네덜란드의 데이터 프라이버시 감시단체는 해당 의사가 여전히 집행유예 상태이고 문제의 정보는 적절하다는 것을 근거로 삭제에 반대했습니다. 이에 대해 법원은 의사의 손을 들어 주었습니다. 이 사건은 의사 과실에 관한 잊힐 권리의 최초 사례입니다.

잊힐 권리에 대해서는 찬성과 반대 의견이 팽팽합니다. 찬성 측 입장은 요컨대 인터넷 정보를 토대로 이른바 '신상털기'와 같이 개인의 프라이버시가 침해될 우려가 크다는 것입니다. 이에 비해 반대 측 입장은 인터넷상의 정보도 역사적 기록물이 될 수 있다는 점, 정보 삭제를 둘러싼 다양한 이해관계가 현실적으로 존재하는 점, 광범위한 인터넷 환경에서 개인의 일부 정보만 지우는 것이 기술적으로 대단히 어렵다는 점, 일련의 책임을 기업에만 전가하는 형평성의 문제와 과다한 인력과 비용 부담 등을 들고 있습니다.

'잊힐 권리'에 대한 찬반을 떠나 현재의 디지털 환경이 초래한

삶의 변곡점, 마음 다이어트가 필요해

폐해가 심각한 상황임은 분명해 보입니다. 정보기술이 빠르게 발달하면서 지금의 문제보다 더 위험한 상황으로 전개될 가능성도 배제할 수 없습니다. 방법을 찾아야 할 때입니다. 옥스퍼드대학 빅토어 마이어 쇤베르거Viktor Mayer-Schönberger 교수는 새로 생성되는 모든 정보들에 '정보 만료일'을 부여해 정보가 일정한 기간만 유통되도록 하자고 주장합니다. 그의 제안이 일견 타당해 보이지만, 문제가 없는 것은 아닙니다. 해킹 등의 방법으로 자동 폐기 코드를 무력화할 수도 있기 때문입니다.

그렇다면 보다 근본적인 해법은 무엇일까요? 바로 정보 생성에 신중해야 합니다. '잊힐 권리'가 천부인권은 아닙니다. 정보의 생성자가 본인이 아닌 경우 원하지 않는 정보의 공개는 억울하고 분개할 충분한 이유가 됩니다. 그렇지만 본인이 정보를 생성한 경우는 이야기가 달라집니다. 본인의 책임도 상당 부분 있음을 인정해야 합니다. 정보의 삭제 요청에 대해 상당한 비용이 청구될 수도 있습니다. '엎질러진 물은 다시 담기 어렵다'라는 격언이 이 경우에 딱 맞는 것 같습니다.

접속이 아닌

접촉이 필요해

원숭이, 유인원, 인간. 이들의 공통점은 무엇일까요? 모두 영장류에 속한다는 것입니다. 영장류가 다른 동물들과 구분되는 중요한 특징 중 하나는 접촉을 통해 서로의 유대를 확인하는 것이라고 합니다. 흔히 동물의 왕국과 같은 다큐멘터리에서 원숭이나 오랑우탄, 고릴라 등이 무리 속에서 서로 털 고르기 하는 모습을 자주 봅니다. 이를 그루밍grooming이라고 하는데, 그루밍은 단순한 털 고르기를 넘어서 서로 간의 사랑과 존중을 확인하는 접촉 행위입니다.

　사람도 마찬가지입니다. 진화 과정에서 털이 많이 사라져 그루밍은 할 수 없지만, 가깝다고 느끼는 사람들을 쓰다듬거나 만지고 싶은 강렬한 욕구를 가지고 있습니다. 사람들 간의 대화도 넓은 의미에서 보면 그루밍의 한 유형이라고 할 수 있습니다. 인간은 접촉을 통해 친밀감을 느끼고 싶은 욕구를 충족하고자 하기 때문입니다.

진화론적 심리학의 대가인 던바Robin Dunbar 교수에 의하면 접촉은 본능적이고 직감적입니다. 그리고 우리 정신의 아주 깊은 곳에 있는 원초적 감각을 건드리기 때문에 인간은 그 의미를 본능적으로 알 수 있다고 합니다. 사실 인간관계에 있어서 감정을 어떻게 말로 표현할지 막막할 때가 많습니다. 그러나 우리가 하는 접촉 행위는 다릅니다. 위로받고 싶은 사람에게 백 마디 말보다 따뜻한 포옹과 토닥토닥 등을 두드려 주는 것이 훨씬 강한 위로가 됩니다.

디지털 물결 속에서 우리 인간은 접촉이 아닌 접속의 시대를 살고 있습니다. 물리적이고 아날로그적인 접촉보다 가상 공간 또는 전자 공간 속의 파편화된 문자 메시지와 영상 정보에 더 많이 접속한 채 살아갑니다. 심지어 집 안에서조차 엄마는 거실에서, 자식은 자기 방에서 얼굴도 보지 않은 채 휴대폰을 이용한 문자 메시지로 대화를 나누는 모습을 보면서 울어야 할지 웃어야 할지...

어쩌면 이러한 현상은 인간관계의 과잉에서 빚어진 일인지도 모르겠습니다. 만약 내가 아무도 살지 않는 무인도에 홀로 남겨졌다고 생각해 봅시다. 꽤 오래전에 상영되었던 <캐스트 어웨이Cast Away>라는 영화가 생각납니다. 미국 특송회사의 시스템 엔지니어

인 척 놀랜드는 전 세계 지점을 돌아다니며 배송 시스템의 문제점을 진단하고 신속하고 효율적인 배달을 위해 애쓰는 사람으로 평소 직원들을 닦달합니다. 그러나 그가 타고 가던 페덱스 화물기가 남태평양 상공에서 악천후를 만나 바다에 추락하고, 구사일생으로 무인도에 표착하여 1,500일을 혼자 보내게 됩니다. 그 과정에서 놀랜드가 항상 말을 걸고 접촉할 수 있는 유일한 것이 의인화된 배구공 '윌슨'이었습니다.

놀랜드가 윌슨에게 말을 걸고 쓰다듬는 모습은 극단적으로 고독한 상황에서 자기 실존을 확인하기 위한 몸부림이었습니다. 급기야, 최소한의 생존이 보장되는 무인도 생활을 버리고 불확실한 구조를 위해 섬을 떠나기로 결정한 것은 사람에 대한 그리움이 구조의 불확실성보다 크기 때문입니다.

터무니없는 상상이기는 하지만 놀랜드가 표류한 무인도에 인터넷이 가능했다고 합시다. 메시지와 영상을 통해 외부와 접속은 할 수 있지만 구조는 불가능한, 말 그대로 실체는 없이 인터넷을 통해 정보만 오고 간다고 말입니다. 이런 상황에서 놀랜드는 인터넷이 없는 상황보다 덜 외로웠을까요? 물론 어느 정도는 그랬을 겁니다. 그렇지만 그것도 한두 번이겠지요. 그는 이내 실체가 없는 접속이 머릿속에서 그려내는 허상과 다름이 없음을 느낄 겁니다. 오히려 그 상황이 더욱 혼란스럽고, 실존적 외로움에 더욱 괴로워하였을 거라 생각합니다.

사람 사는 세상은 사람 냄새가 나야 합니다. 휴대폰 모니터에 찍혀져 나오는 하나 마나 한 공허한 문자들이 이제 식상하지 않나요? 내가 막 무인도에서 탈출했다고 생각해 보는 것은 어떨까요? 수다스러워도 좋습니다. 주위 사람들과 얼굴을 마주한 채 조금 더 이야기 나누고, 친한 사람들과 밥도 먹고 술도 한잔하는 일이 더 많아졌으면 좋겠습니다.

인간관계,
양보다 질이다

인간관계에 대한 던바 교수의 이야기를 조금 더 해 볼까 합니다. '던바의 수Dunbar's Number'라고 들어 보셨나요? 던바 교수에 의하면 한 개인이 맺을 수 있는 사회적 관계의 최대치는 150명이라고 합니다.

그 자신도 인정하듯이 이를 입증할 과학적 근거를 제시하기는 쉽지 않은 것 같습니다. 다만 이제까지 인류의 집단생활 과정에서 나타난 경험적 사실들은 무수히 많다고 합니다. 던바 교수가 제시하는 사례 가운데 몇 가지를 소개합니다.

삶의 변곡점, 마음 다이어트가 필요해

- 원시 수렵 채집 사회에서 성인식 같은 의례를 공동으로 치르거나 사냥 지역의 샘물을 공동소유하는 씨족 형태로서 20개 부족사회를 조사한 결과 씨족 집단의 규모는 평균 153명이었다.씨족 구성원 수는 적게는 100명에서 많게는 230명 정도였음.

- 신석기 시대, 중세 시대 자료에서도 각 촌락의 인구 규모는 150명 내외였다.

- 한 사람이 보통 연말에 크리스마스카드를 보내는 사람의 수는 150명 정도이다.

- 기업 조직의 경우도 150명을 넘는 조직은 업무 효율성을 위해 별도의 공식적인 계층 조직이 필요하다고 한다. 가장 성공적인 중소기업으로 인정받는 고어텍스의 설립자 빌 고어 Bill Gore에 따르면 사업이 성장하더라도 생산 공장의 규모를 키우기보다 각각 150명 정도로 구성된 하위 단위로 나누어 운영하는 것이 합리적이라고 한다.

- 최신 군대의 가장 작은 독립 단위는 130~150명인데 통상 30~40명의 소대 3개와 지휘관, 지원인력을 합친 숫자이다.

- 대학교 등에서 교수 한 명이 관리할 수 있는 연구자 수도 100명~200명이다.

이상의 사례들에 비추어 보면 150이라는 숫자는 결국 인간의 인지적 한계 또는 정보의 제약에 따른 것으로 생각됩니다. 이에 덧

붙여 던바 교수는 '인간관계의 질'에 주목하고 있습니다. 그는 특정 수준의 친밀감을 유지할 수 있는 사람 수에는 한계가 있다고 말합니다. 친밀 정도에 따라 대체로 5명 이내에서 15명, 30명, 50명, 150명으로 증가하는 패턴을 보입니다. 이 중에서 5명 이내 그룹을 내집단, 15명 그룹을 공감집단이라고 부르는데, 내집단은 일주일에 한 번, 공감집단은 한 달에 한 번, 150명 그룹은 1년에 한 번 등 접촉 횟수에 차이가 있다고 합니다.

보시기에 150명이 많은가요? 적은가요? 요즘 같은 디지털 시대에 지인 그룹이 150명이라면 그렇게 많지 않게 느껴집니다. 보통 휴대폰에 입력된 연락처가 적게는 200~300명이고 많게는 1,000명을 넘기도 하니까요. 숱한 사람을 알아야 할 정치인이 될 요량이 아니라면, 인간관계의 질을 생각한다면 사람을 사귐에 있어 다다익선多多益善이 능사는 아닌 듯합니다. 던바 교수가 강조하고자 했던 것도 150이라는 숫자가 아니라, 그 속에서 친밀하게 교감할 수 있는 사람이 얼마나 되는지에 있다고 여겨집니다.

우리는 지금 관계 과잉의 시대에 살고 있습니다. 그러나 진정 마음을 터놓고 대화할 수 있는 사람이 얼마나 될까요? 특히 실체가 없는 디지털화된 관계가 오히려 우리에게 외로움과 공허함을 더하는 것은 아닌지 모르겠습니다. 이럴 바에야 차라리 자발적 고독을 택하는 것이 정신건강에 이롭지 않을까요? 고독함으로써 인간관계의 번잡함에서 잠시 벗어나 자신과 주변을 객관적으로 바라볼

삶의 변곡점, 마음 다이어트가 필요해

수 있기 때문입니다.

고독의 이점 두 가지

첫째, 고독함으로써 자신과 함께 있을 수 있다.
둘째, 타인과 함께 있지 않아도 된다.

쇼펜하우어

공유의 역설,
흔하다고
함부로 다루지 마라

가을에 맛볼 수 있는 귀한 식재료 가운데 하나가 송이버섯입니다. 제가 아는 한 송이버섯은 인공적인 재배가 불가능해 산에서 순수 자연산을 채취해야 합니다. 송이버섯이 잘 자라기 위해서는 기온이나 강수량 등의 조건이 맞아야 함은 물론이고, 서식환경도 소나무와 참나무 따위가 밀생하며 바위 암반 등이 받치고 있어야 합니다. 이처럼 생장 조건이 까다롭기 때문에 귀한 대접을 받는 것이지요. 그래서 옛날부터 송이가 나는 곳은 귀한 자식에게만 알려 주고 다른 사람에게는 비밀로 하였다고 합니다. 송이를 채취할 때에는

삶의 변곡점, 마음 다이어트가 필요해

발걸음도 조심하면서 행여 서식환경이 훼손되지 않도록 각별히 주의를 기울였습니다. 시골에서 송이버섯을 채취해 본 사람이라면 다들 수긍할 겁니다.

이렇게 정성들여 관리해서인지 늦여름부터 가을 초입에 들 때까지 비의 양이나 기온이 어느 정도 맞으면 송이밭에서 송이를 구경하는 것이 어렵지는 않았습니다. 그런데 요즘은 그렇지 않습니다. 마을 뒷산이든 마을에서 멀리 떨어진 골짜기든 가리지 않고 외지인들 발길이 닿지 않는 곳이 없습니다. 휴대용 GPS를 가진 사람들이 없는 길도 만들어 가면서 온 산을 헤집고 다닙니다. 그냥 산행만 하는 것이 아니지요. 봄철에는 고사리나 둥굴레, 두릅 새순과 엄나무 새순과 같은 산나물을 채취하고, 가을에는 버섯이나 머루 등을 따 갑니다. 심지어 겨울에도 수십 년 된 칡을 캐거나 겨우살이 같은 약재를 채취해 갑니다.

산에서 나는 모든 것이 그렇지만, 앞서 말했듯 송이버섯은 특히 서식환경을 가리기에 조금이라도 환경이 훼손되면 바로 영향을 받습니다. 얼마 전 정말 해도 해도 너무한 상황을 경험했습니다. 소중하게 아껴오던 송이밭이 그야말로 송두리째 갈아엎어져 있었습니다. 아마추어 외지인이 송이가 난다는 것을 알고는 송이를 찾기 위해 갈고리로 긁듯이 밭을 헤집어 놓은 것입니다. 당장 송이버섯을 딸 수 없다는 실망감을 넘어 더 이상 송이가 자랄 수 없을 것 같다는 절망감과 분노가 순간 치밀어 올랐습니다.

임자가 딱히 없다면 산에서 나는 것들을 채취해 갈 수 있습니다. 그러나 정도껏 해야 합니다. 산에 생계를 맡기고 있는 사람은 예외이겠지만, 그렇지 않은 사람이라면 간혹 질병 치료를 위해 정말 나에게 필요하거나, 한두 끼 귀한 찬거리로 먹을 만큼만 가져가야 합니다. 여기서 주의할 점은 채취할 때 서식 환경을 절대 훼손하지 말아야 합니다. 그것에 기대어 사는 산속 짐승들도 있고, 한 번만 채취하고 말 일이 아니지 않는가 말입니다. 산에서 채취한 것을 집에 가져와서는 무슨 기념품이라도 되는 양 여러 병에다 담아 거실이나 방에 진열해두는 사람들도 있습니다. 심한 말 같지만 도대체 생각이 있는 사람들인지요. 자기 하나 좋다고 또는 다른 사람에게 과시하고 싶어서 참으로 유치한 일을 하는 것이지요.

바다도 마찬가지입니다. TV에서 어떤 낚시 프로그램이 인기를 끌면서 취미 삼아 낚시를 하는 사람이 급증하고 있습니다. 가끔 하는 취미생활이야 이해할 수 있지만 낚시를 하면서 우리 주변 물고기들의 씨를 말리고, 더 나쁜 것은 함부로 쓰레기를 버리는 등의 환경 훼손은 정말이지 하지 말아야 합니다. 이렇게 하다가는 어느 순간 낚시를 하고 싶어도 할 수 없는 지경에 이르지 않을까 걱정됩니다.

우리가 아는 '공유지의 비극Tragedy of the Commons' 이론은 이를 잘 설명하고 있습니다. 생물학자인 개릿 하딘Garrett Hardin이 1968년 『사이언스Science』 학술지에서 지적한 것처럼 공유 자원은 어떤 공동의 규칙이 없다면 많은 이들의 이기심과 탐욕에서 비롯된 무임 승차로 결국 파괴됩니다. 어떻게 보면 이러한 이기심과 탐욕은 우리의 몸속에서 자라나는 암癌을 닮았습니다. 암은 몸속 세포를 갉아 먹고 급기야 그 숙주인 인간을 죽음에 이르게 하기 때문입니다. 인간의 과도한 탐욕 역시 우리 주위의 자원과 환경을 황폐화합니다. 그것이 우리 스스로를 파멸의 길로 인도하는 것임에도 말입니다. 이 얼마나 어리석은 일인가요!

공유경제,

그 화려함의 이면

요즘 뜨고 있는 이른바 '공유경제'와 관련된 문제들도 생각할 부분이 많습니다. '공유'의 의미는 한정된 재화나 서비스를 공용화하여 누구든 필요할 때 이를 빌려 쓰도록 하는 것입니다. 즉 개개인 각자가 과다한 구입소유 비용을 지불할 필요 없이 재화나 서비스를 그때그때 이용함으로써 소비 효율을 극대화할 수 있습니다. 특히, 소셜네트워크서비스SNS와 인터넷 기술 발달은 공유경제를 새로운 소비패턴으로 자리 잡게 하고 있습니다.

공유경제 역시 공유대상의 이용에 대한 합리적인 규율과 이용

삶의 변곡점, 마음 다이어트가 필요해

자의 양식이 없으면 앞서 언급한 공유지의 비극을 피할 수 없습니다. 공공의 이익 실현이라는 선한 의지로 도입한 공용자전거 사업이 다수의 이용자로부터 호평을 받고 있지만, 해가 거듭될수록 훼손과 방치, 도난과 같이 눈살을 찌푸리게 하는 사례가 늘어나고 있습니다. '어차피 내 것도 아닌데 뭐 어때'라는 인식이 마음 한구석에 자리하고 있기 때문입니다. 급기야 공공자전거 사업 운영처에서는 자전거에 도난방지기와 위치추적기를 달았습니다. 이런 상황이 계속된다면 종국에 가서는 공유자전거라는 말이 무색할 정도로 새로운 규제와 비용이 발생하게 될 것입니다.

공유경제의 문제는 이뿐만이 아닙니다. 대표적인 문제가 '공유'라는 긍정적 이미지를 브랜드전략에 활용하는 것이지요. 에어비앤비AirBNB나 우버Uber 같은 경우 초기에는 선한 의지로서 숙박과 차량의 공유를 위한 것이었을지 모르겠습니다. 그러나 지금은 그 성격이 많이 변질되어 숙소 임대나 차량 대여 사업을 '공유'로 포장한 비즈니스모델일 뿐입니다. 예를 들어 오피스텔을 여러 채 임대한 후 에어비앤비라는 브랜드로 여행객들에게 빈방을 제공합니다. 차량을 렌트해서 우버 기사로 참여하고 번 돈의 일부는 다시 렌트비로 나갑니다. 이것이 무슨 공유경제인가요? 엄밀히 말하면 에어비앤비, 우버라는 플랫폼을 빌려 '주문 맞춤형On Demand' 수익사업을 하는 것이지요. 주문 맞춤형 비즈니스모델과 공유는 전혀 다른 것입니다.

'공유'라는 말의 사전적 의미에 걸맞게 소유하지 않더라도 모두가 함께 사용할 수 있다는 것은 얼핏 보면 참 따뜻합니다. 그러나 '공유지의 비극Tragedy of the Commons' 이론에서 보이듯 현실은 냉혹합니다. 인간의 본성이라 할 탐욕과 이기심을 버리는 것이 결코 말처럼 쉽지 않습니다. 인간의 본성이 애써 외면되어서는 안 됩니다. 이보다 더 근본적인 고민은 과연 '공유'가 우선적으로 지향해야 할 가치인가 하는 문제입니다. 공공재는 대표적인 공유자산입니다. 앞서 개릿 하딘의 지적처럼 공유자산은 무임승차와 이로 인한 시장실패의 가능성을 태생적으로 내포하고 있습니다. 나아가 이용자 간 역차별의 원인이 되기도 합니다. 예를 들어 가난한 사람을 위한 목욕탕에 부자가 와서 말도 안 되게 싼 비용으로 이용하는 것을 제한하기는 어렵습니다.

공유를 통한 공동선의 실현은 매우 중요합니다. 그러나 이 명제가 언제나 타당한 것은 아닙니다. 현실의 엄혹함과 인간의 자연스런 이기심을 인정한다면 말이지요. 결국 공동체의 유지와 지속 발전을 위해 꼭 필요한 경우에만 공유의 가치가 인정되는 것이 바람직합니다. 그리고 이 경우에도 이용자의 합의에 기초해 이를 합리적으로 제어할 수 있는 장치를 마련하는 것이 현실적입니다. 합리적 이성을 지닌 사람이라면 파멸의 길을 자초하지 않으리라는 믿음이 있기 때문입니다.

삶의 변곡점, 마음 다이어트가 필요해

경쟁의 길,
공존의 길

사회학자 피터 블라우Peter Blau는 '경쟁적인 조직과 협력적인 조직 중 어느 곳의 생산성이 더 높은가?'라는 연구를 진행했습니다. 74명의 학생에게 시간제한이 있는 8개의 간단한 퀴즈를 풀도록 하고, 두 그룹으로 나누어 각각 경쟁자가 10명과 100명이 있다고 미리 알려주었습니다. 덧붙여 문제를 푸는 데 걸린 시간이 상위 20% 안에 들면 5달러를 상금으로 주겠다고 제안했습니다. 과연 어느 그룹이 빨리 문제를 풀었을까요? 경쟁자 10명 조건의 학생 그룹은 28.94초가 나왔고, 100명 그룹은 33.15초가 나왔다고 합니다.

이건 뭐가 이상합니다. 보상의 정도나 크기에 따라 달라질 수 있지만, 경쟁이 치열할수록 생산성이 높아진다는 것은 우리의 일반적인 생각인데 말입니다. 그런데 실험 결과는 정반대로 나온 것입니다. 즉 경쟁하는 상대가 많아 경쟁이 치열할수록 생산성은 떨어질 수 있음을 보여줍니다. 왜 이럴까요?

비슷한 연구결과가 또 있습니다. 공공취업센터 상담직원들을 대상으로 취업 성공률(취업 성공건수÷구인요청 건수)을 조사하였습니다. 센터는 A섹션과 B섹션으로 나누어 운영되고 있었는데 A섹션은 B섹션에 비해 경쟁적인 분위기였습니다. A섹션 직원들은 각자의 실적을 위해 동료들과 정보 공유를 꺼린 반면, B섹션 직원들은 구인 요청이 들어오면 이 정보를 동료들과 공유하고 서로 협조하는 분위기가 강했습니다. 양 섹션의 실적을 비교해 보니 개인별 취업 성공 건수는 A섹션 직원 1인당 평균이 84건, B섹션 직원은 58건이었습니다. 그러나 조직별로 생산성을 비교하자 의외의 결과가 나왔습니다. A섹션의 취업 성공률은 59%였던데 비해 B섹션은 67%로 나타난 것이지요.

위의 두 실험을 통해 경쟁의 논리에 의해 지배되는 '성과지상주의'가 과연 타당한 명제인가라는 근본적인 의문이 제기됩니다. 적절한 보상이 뒷받침되는 경쟁은 분명 긍정적 기능이 있습니다. 건강한 방향으로 개인이나 조직의 긴장도를 높이는 기폭제 역할을 할 수도 있습니다. 그러나 지나친 경쟁이 성과의 극대화로 이어진다는 보장은 없습니다. 특히 이 실험은 '저 사람을 밟고 올라서야만 내가 살 수 있어!'라는 적자생존 식의 경쟁이 갖는 한계를 여실히 보여 줍니다.

과도한 경쟁의 폐해는 분명하고도 심각합니다. 조직 내부에서 필요 이상의 경쟁은 조직 구성원 간의 치열한 성과 다툼을 초래합니다. 실적을 위해서는 상대를 밟고 올라서야 하고, 그러기 위해 중요한 정보도 공유하지 않습니다. 더 심한 경우는 자신과 자신이 속한 부서의 이익을 위해 조직 전체의 이해와 상충하는 행동을 하는 것을 심심치 않게 보기도 합니다.

결국 경쟁은 개개인의 성과는 높일 수 있으나, 그것이 지나칠 경우 조직 전체적으로는 부정적인 효과를 가져오기 쉽다는 결론에 도달합니다. 보험회사에서의 역선택逆選擇, adverse selection은 이를 잘 보여 주는 사례입니다. 보험 가입자를 늘리려는 과도한 경쟁으로 인해 보험사고 발생 가능성이 높은 사람까지 보험에 들게 함으로써 회사에 손실을 끼칠 가능성을 높입니다.

그렇다면 어떻게 하면 좋을까요? 경쟁적 요소를 없앨 수는 없습니다. 현실적이지도 않습니다. 경쟁의 불가피성을 인정하되, 지나친 경쟁으로 삶이 팍팍하게 느껴지지 않아야 합니다. 경쟁에 뒤처졌다고 열등감을 가질 필요가 없고, 경쟁에서 이겼다고 우월감을 갖는 것도 경계해야 합니다. 그리고 경쟁의 결과에 대해서는 쿨하게 받아들여야 합니다. 특히 경쟁의 결과로서 주어지는 보상에 대해서는 비합리적 차별이 아닌 합리적인 차이라는 마음가짐이 필요합니다.

그러나 무엇보다 중요한 것은 공존의 가치입니다. 인간사회는 결코 약육강식의 사회가 되어서는 안 됩니다. 서로 다름과 차이를 인정하고 공감과 배려가 있어야 합니다. 인생사 새옹지마라고 뒷일을 어찌 알겠습니까?

우분투Ubuntu

아프리카 어느 국가에서 자원봉사자가 아이들에게 선착순 경주 게임으로 과자를 나누어 주려 했습니다. 놀랍게도 아이들은 1등을 두고 경쟁하지 않고 서로의 손을 잡고 결승점에 들어와 함께 과자를 나누어 먹었습니다. 이를 가능하게 한 것은 그들에게 '우분투'가 있었기 때문입니다. '우분투'는 공동체 정신을 강조하는 반투어로 '네가 있기에 내가 있고, 우리가 있기에 내가 있다'라는 의미입니다. 넬슨 만델라도 이 단어를 자주 언급했습니다.

삶의 변곡점, 마음 다이어트가 필요해

편 가르기 집착증

개인이 모여 집단을 이룹니다. 집단이 형성되면 각 개인은 개인적 차원에서와 달리 집단적 속성을 보여 줍니다. 예를 들어 학연을 생각해 보겠습니다. 특정 고등학교의 동문으로 편입되는 순간부터 각 개인은 동문의 일원으로서 동질감과 공감대를 갖는 것이지요. 이를 집단정체성group identity이라고 합니다. 집단정체성은 반드시 직접적인 접촉이 있어야만 형성되는 것은 아닙니다. 심리적인 접촉으로도 형성될 수 있습니다. 반면에 개인이 집단에 속해 있다고 하더라도 집단의 가치를 받아들이지 않을 때에는 집단정체성이 형성되지 않습니다. 흔히 이야기하는 지연이나 혈연도 마찬가지입니다. 월드컵 축구 경기가 있으면 새벽 3시에 잠도 안 자고 TV를 보면서 응원하는 이유입니다.

집단정체성은 혈연, 학연, 지연과 같은 강력한 매개 요인 없이도 형성될 수 있습니다. 사회심리학자인 헨리 타이펠Henri Tijfel에 따르면 단순히 동전 던지기로 편을 갈랐을 때조차도 '우리 VS 저들'로 편 가르기가 나타났다고 합니다. 심지어 그들 스스로도 별 의미 없는 동전 던지기에 따라 그룹을 나누었다는 것을 알고도 말입니다. 타이펠은 이러한 편 가르기에 따라 집단 편애의 성향이 강해지는 반면, 외부에 대해서는 편견이 재생산되고 고정관념이 형성된다고 말합니다.

이처럼 내가 속해 있는 집단과 그 구성원을 타 집단과 그 집단에 소속된 구성원에 비해 더 긍정적이거나 관대하고 유리한 평가를 하는 경향을 내집단편향in-group bias이라고 합니다. 이를 비꼬는 아주 적절한 말이 '내로남불'입니다. '내가 하면 로맨스, 남이 하면 불륜'이라는 것이지요. 내집단편향은 집단에 속한 구성원들이 매우 비이성적인 판단을 하게 합니다. 그럼에도 그 판단이 옳다는 일종의 집단적 최면상태에 빠져 올바른 판단을 못하게 합니다.

이런 비이성적 판단을 잘 보여 주는 실험이 우리나라에서도 있었습니다. 조직·산업심리 전문 연구소인 ORP 연구소와 매일경제신문은 2016년 20~30대 직장인 66명을 대상으로 심리학 실험을 진행했습니다. 실험을 위한 배경 상황은 이렇습니다. 월드컵 본선 진출을 위한 일전에서 A국과 B국이 격돌합니다. A국이 먼저 골을 넣자 B국 응원단이 야유합니다. 이에 흥분한 A국 응원단이 상대적으로 소수인 B국 응원단에게 폭력을 행사합니다.

자, 이제 A, B 두 나라를 한국과 일본이라고 상정해 보겠습니다. 먼저, 'A국 응원단의 폭력행사에는 B국 응원단의 책임도 있다'라는 항목입니다. 한국 응원단이 가해자인 경우 피해 응원단도 책임이 있다는 응답10점 척도에서 7.4점이 일본 응원단이 가해자였을 때 5.9점보다 높게 나타났습니다. '응원단의 폭력행사는 순간의 실수였다'라는 항목에서는 한국 응원단이 가해자였을 때 실수라고 생각하는 응답6.6점이 일본 응원단이 가해자였을 때에 실수라고 생각하는 응답4.2점보다 훨씬 높게 나온 것입니다.

사실, 더 큰 문제는 내부 구성원 간의 집단편향입니다. 우리 주위에는 매우 많은 편 가르기 현상이 나타나고 있습니다. 정치적인 진영 논리를 비롯해서 가진 자와 못 가진 자, 기성세대와 청년세대, 페미니스트와 마초 등 그 차원은 매우 다양합니다. '팔은 안으로 굽는다'라는 속담도 그렇게 나온 것이 아닐까요?

이러한 편 가르기의 기원은 인간의 본성과 닿아 있다고 보는 것이 타당합니다. 인간은 태어나면서부터 어딘가에 소속되고, 그 소속은 자연스럽게 집단의 정체성을 키워 내는 토양이 되는 것이지요. 그러나 과도한 집단정체성과 편 가르기는 사회적으로도, 개인적으로도 매우 강력한 영향을 초래합니다.

상호 간의 견제와 균형을 통해 건설적인 비판을 주고받는 편 가르기는 긍정적일 수 있습니다. 그러나 집단 간의 편 가르기는 사회 내에서 가치 갈등을 초래하고 극단적인 이념적 대립의 모습을 보여 주는 경우가 많습니다. 우리의 해묵은 지역감정이 그렇고, 보수와 진보 간의 사생결단식 이념 전쟁 역시 단적인 예입니다. 최근에는 남성과 여성 간의 성적 갈등과 기성세대와 신세대 간의 세대 갈등이 편 가르기 리스트에 이름을 올리고 있습니다. 그야말로 온 사회가 갈등의 소용돌이에 휘말려 있는 형국입니다.

그뿐 아니라 집단의 구성원인 각각의 개인들은 집단이 추구하는 가치관에 휘둘립니다. 개인들이 가치관과 세계관을 집단과 과도하게 동일시하는 경우 독립적이고 자유로운 개인은 사라지고 집단 속에서 부속품처럼 다루어지는 개인만 남게 됩니다. 마치 조지 오웰의 소설 『1984』의 하급당원 윈스턴처럼 말입니다. 요컨대 과도한 집단정체성은 개인적 삶을 왜곡할 수 있으며, 결국 그 피해는 여기서 헤어나지 못하는 개인들이 짊어지게 되는 것이지요.

편 가르기에 의한 사생결단식 집단 간의 갈등 폭발, 집단 속에서 개인의 몰개성화는 결코 바람직한 상황이 아닙니다. 의심스러운 것은 누군가 이러한 상황을 유도하고 그렇게 함으로써 이익을 취하는 것이 아닌가 하는 것입니다. 그들이 어떤 목적을 가지든 이것은 매우 비열하고 시대의 흐름과 맞지 않는 시도입니다. 설령 그러한 시도가 성공한다고 하더라도 결과적으로는 모두에게 해가 됩니다. 건전한 공동체의 지속 가능성이 허물어지고 개인의 자유와 창의, 인간의 존엄성이 제한되기 때문입니다. 편 가르기에 기대어 이익을 취하려는 자들이야말로 칼 포퍼Karl R. Popper가 이야기하는 '열린 사회의 적'일 것입니다.

그럼 우리는 어떻게 하면 좋을까요? 답은 다양성을 존중하고 '너와 나', '우리와 그들'의 다름을 인정하는 것입니다. 지금은 21세기입니다. 세상의 모든 정보가 실시간으로 공유되는 글로벌 시대입니다. 이러한 시대에 획일화된 집단 논리가 먹혀들 거라고 생각하는 것 자체가 시대착오적인 어불성설입니다. '다름'은 '틀린' 것이 아니라 '차이'입니다. 집단의 정체성을 부정하거나 가치 절하하라는 것이 아닙니다. 각 집단이 갖는 정체성 즉 집단의 가치와 세계관의 간격을 인정하고 존중하는 사회가 열린 사회입니다.

밥 한 끼로

채우는

몸과 마음의 허기

밥을 먹는다는 것은 생물학적으로 배의 허기를 채우는 것이며, 다른 사람과 함께 밥을 먹는 즐거움을 나누는 사회적 행위이기도 합니다. 세상 돌아가는 이야기와 사람들 이야기, 집안일 이야기 등을 하면서 긴장된 육체와 마음을 잠시 내려놓을 수 있기 때문입니다. 요컨대 밥은 배의 허기뿐만 아니라 마음의 허기도 채워 줍니다.

식사가 즐거워지려면 음식 맛이 좋아야 합니다. 그런데 음식의 맛은 매우 변덕스럽습니다. 특히, 음식을 먹을 때의 분위기나 누구와 음식을 먹는지에 따라 그 맛이 달라집니다. 편안하거나 우아한

삶의 변곡점, 마음 다이어트가 필요해

분위기에서 먹는 음식 그리고 사랑하는 사람, 둘도 없는 친구와 함께하는 식사라면 맛이 없을 수가 없겠지요. 그런데 밥이 맛이 없을 때가 있습니다. 혼자서 밥을 먹거나 부담되는 사람과 같이 밥을 먹을 때입니다.

최근에 재미있는 식당을 경험했습니다. 혼자서 무심코 식당에 들어가 자리에 앉았는데 1인석 자리를 따로 권하는 겁니다. 식당의 벽 한편으로 1인석이 마치 도서관의 열람석 칸막이를 쳐 놓은 것과 같이 나누어져 있었습니다. 간단한 면 요리를 하나 시켜 먹는데 기분이 묘하더군요. 혼자인 사람을 배려한 식당 주인의 마음 씀씀이가 고맙기는 했지만, 벽을 보고 홀로 밥을 먹는 것이 그리 유쾌하지는 않았습니다. 이런 식당이 생겨나는 것은 어쩌면 자연스런 현상이기도 합니다. 혼자서 밥을 먹는 사람은 계속 늘어나니까요.

부담되는 사람과 밥을 먹는 것도 참 곤혹스럽습니다. 밥이 어디로 넘어가는지 모를 지경입니다. 깐깐한 직장 상사를 모시고 네댓 명이 둘러앉아 식사합니다. 상사가 주로 이야기하고 다들 별말이 없습니다. 밥상에 놓인 찌개가 소태맛입니다. 그때 상사의 휴대폰 벨이 울립니다. 어디선가 온 중요한 전화인가 봅니다. 상사는 통화 후에 급히 식사를 마치고 먼저 일어나야겠다고 양해를 구합니다. '당연히 양해해 드려야지요.' 다들 속으로 쾌재를 부릅니다. 일어서는 상사에게 아쉬운(?) 인사말을 건넵니다. 그리고 다시 앉아 먹는 밥이 왜 그리 맛있는지요? 조금 전까지만 해도 소태맛이던 찌개가 언제 그랬냐는 듯 맛있습니다. 남은 사람들끼리는 이야기꽃이 핍니다. 다들 이런 경험 있으실 겁니다.

　세상 살면서 혼자 밥 먹는 것이나, 부담되는 사람과 밥을 먹는 것이 자연스러운 일상이 되었습니다. 억지로 피하고 싶다고 해서 그리할 수 있는 것이 아닙니다. 그렇다면 어떻게 해야 할까요? 혼자 밥을 먹는 경우입니다. 개인적 경험을 말하자면 직장 일 때문에 가족과 떨어져 생활할 때가 많습니다. 혼자 있으면 밥을 제대로 챙겨 먹지 못할 뿐만 아니라, 밥을 먹으면서도 업무에 대한 스트레스에서 벗어나기가 쉽지 않습니다. 다른 사람과 대화할 수 없기 때문입니다. 이런 때에는 식사 상대가 자기 자신이라고 생각해 보는 겁니다. 스스로 대화하면서 음식의 맛을 음미하고 마음을 채우는 것도 가끔은 해 볼 만한 일입니다.

　세상이 어수선하고 사람들과의 관계가 말 섞기 싫을 정도로 번거로울 때는 어쩌면 고독한 밥 먹기가 필요한 것인지도 모르겠습니다. 그렇지만 이것이 일상화되면 곤란합니다. 혼자 사는 사람들에게는 소셜 다이닝Social dining도 하나의 대안이 될 수 있습니다. 최근 1인 가구의 증가로 온라인상에서 만난 사람들이 함께 밥을 먹으면서 친밀한 관계를 형성하는 모임이 활성화되고 있다고 합니다.

　부담되는 사람과의 식사는 비즈니스라 생각하면 어떨까요? 밥 먹을 때만이라도 마음이 편했으면 좋겠지만, 세상일이 마음대로 되는 것은 아닙니다. 상대가 부담스럽다면 식사를 통해 골치 아픈

　　삶의 변곡점, 마음 다이어트가 필요해

업무나 인간관계의 돌파구를 찾을 수 있다고 생각해 보는 겁니다. 런천 테크닉Luncheon technique이라는 말이 있습니다. 비즈니스 과정에서 식사를 통해 서로 간에 좋은 기억과 좋은 인상을 심어 주는 것이지요. 상대하기 거북한 상사나 동료와의 관계에도 이를 이용하는 겁니다. 여하튼 한 끼, 밥의 소중함과 내 삶에서의 의미를 늘 생각하려고 합니다.

긍정적인 밥

시 한 편에 삼만 원이면
너무 박하다 싶다가도
쌀이 두 말인데 생각하면
금방 마음이 따뜻한 밥이 되네

시집 한 권에 삼천 원이면
든 공에 비해 헐하다 싶다가도
국밥이 한 그릇인데
내 시집이 국밥 한 그릇만큼
사람들 가슴을 따뜻하게 데워 줄 수 있을까
생각하면 아직 멀기만 하네

시집이 한 권 팔리면
내게 삼백 원이 돌아온다
박하다 싶다가도
굵은소금이 한 됫박인데 생각하면
푸른 바다처럼 상할 마음 하나 없네

함민복

가진 자의 품격,

노블레스 오블리주 Noblesse Oblige

지금은 어떤지 모르겠지만, 경주 교동의 최씨 집안에는 대대로 실천되어 온 가훈이 있습니다.

첫째, 과거를 보되 진사 이상은 오르지 마라.

둘째, 재산은 만석 이상 지니지 마라.

셋째, 과객을 후하게 대접하라.

넷째, 흉년에는 땅을 사지 마라.

다섯째, 며느리들은 시집온 후 3년 동안 무명옷을 입어라.

여섯째, 사방 백 리 땅 안에 굶어 죽는 사람이 없게 하라.

전진문, 『경주 최 부잣집 300년 부의 비밀』

삶의 변곡점, 마음 다이어트가 필요해

권력과 부를 동시에 가졌을 때 따르는 위험을 스스로 경계하기 위함입니다. 부의 증식에 대한 엄격한 절제, 검소와 사회적 의무의 실천 등이 가슴을 뭉클하게 합니다. 우리나라에도 이런 집안이 있었다는 것이 자랑스럽기까지 합니다.

요즘의 혼탁한 세태를 보면서 권력이든 재력이든 많이 가진 사람들이 가져야 할 도덕적 가치와 자세에 대해 생각하지 않을 수 없습니다. 스스로 경계하고 절제하며 사회적으로 역할이 필요할 때에는 솔선수범하는 노블레스 오블리주의 정신이 있어야 합니다. 그렇게 하는 것이 곧 자신의 지위를 더욱 공고하게 만드는 것임을 경주 최 부잣집 가훈이 잘 보여 주고 있습니다.

남들보다 더 많이 가졌을 때 그것을 과시하고 절제하지 아니하며, 더 많은 것을 탐하는 욕심은 스스로 경계하여야 합니다. 이를 게을리하면 지탄받아 마땅합니다. 그러나 정직하게 이룬 부와 성취는 존경받고 장려되어야 합니다. 부와 성취에 대한 존경과 장려가 노블레스 오블리주로 발현될 수 있는 밑거름입니다. 철강왕 카네기, 석유재벌 록펠러, 마이크로소프트사의 빌 게이츠, 투자의 귀재 워런 버핏이 존경을 받는 것은 자신이 거둔 이익을 사회에 기꺼이 환원했기 때문입니다.

'세계적 부호', '지난 100년 동안 가장 탁월한 투자자'라는 찬사를 넘어 '오마하의 현인'이라 칭송받는 워런 버핏은 존경받는 부자란 어떠해야 하는지를 잘 보여 줍니다. 그는 지난 70여 년간 주식

투자 등을 통해 816억 달러한화로 약 92조 원, 2018년 12월 포브스 기준라는 천문학적인 부를 쌓았습니다. 그는 누구보다 정직하게 돈을 벌었습니다. 매일 아침 버크셔 헤서웨이Berkshire Hathaway Inc. 그룹의 사무실로 직접 운전해서 출근하고, 출근길에 맥도널드에 들러 버거와 콜라를 사서 보통의 끼니를 때웁니다. 대단한 점은 버핏 자신이 이만큼의 부를 축적할 수 있었던 덕을 모두 사회제도와 사회를 구성하는 사람들에게 돌리고 있다는 점입니다. 그가 낸 기부금이 54조 원을 넘어서고 있고, 나머지 재산의 99%도 '빌&멀린다 게이츠 재단'에 기부하기로 약속했습니다.

노블레스 오블리주 정신은 공동체에 대한 지도층의 헌신으로 나타나기도 합니다. 영국 최고의 사학 명문 '이튼Eton 칼리지'의 졸업생 약 2,000명이 제1차 세계대전과 제2차 세계대전에서 전사했습니다. 『로마인 이야기』를 쓴 시오노 나나미는 2000년 로마 역사를 지탱해 준 힘 가운데 하나가 지도층의 노블레스 오블리주라고 합니다.

그런데 지금 우리는 어떻습니까? 세계 10위권의 경제력에 걸맞은 노블레스 오블리주의 정신이 과연 얼마나 있을까요? 이른바 기득권을 가진 사람들의 공동체에 대한 희생정신을 얼마나 공감할 수 있을까요? 정신적, 도덕적 성숙 없이 경제력만으로 어디 가서 품격 있다는 소리를 듣는 것은 아닙니다. 사람의 인품 정도를 인격이라 하듯이 가정이나 사회, 국가에도 격格이 있습니다.

가진 자가 엄격한 자기 절제, 약자에 대한 배려, 공동체에 대한 헌신 등 도덕적 의무를 이행하면 공동체 구성원들은 당연히 그들을 존경합니다. 격이란 그렇게 높이는 것이며, 공동체 또한 더욱 건강해지겠지요.

존 머레이라는 미국인은 한 푼의 돈도 헛되게 쓰지 않는 검소한 생활로 부자가 된 사람입니다. 어느 날 머레이가 밤늦도록 독서를 하고 있는데 한 할머니가 찾아왔습니다. 머레이는 켜 놓은 촛불 2개 중 하나를 끄고 정중히 할머니를 맞았습니다.

"늦은 시간에 무슨 일로 오셨습니까?"

"시내 학교가 어려워 기부금을 부탁하려고 왔습니다. 조금만 도와주세요."

그러자 머레이는 말했습니다.

"당연히 도와드려야죠. 5만 달러면 되겠습니까?"

할머니는 깜짝 놀랐습니다.

"조금 전에 촛불 하나를 끄는 것을 보고 기부금 이야기를 꺼내도 될지 망설였는데, 뜻밖에 거액을 기부하신다니 기쁘고 놀라울 따름입니다."

그러자 머레이가 미소를 지으며 말했습니다.

"독서를 할 땐 촛불 2개가 필요하지만, 대화할 때는 촛불 하나면 충분하지요. 이처럼 절약해 왔기 때문에 돈을 기부할 수 있답니다."

일, 삶의 지혜를 찾는 또 다른 과정

우리는 주어진 시간을 일하는 시간과 일하지 않는 시간으로 나눌 수 있습니다. 그만큼 일의 의미는 각별합니다.

일은 삶을 이어가는 과정 그 자체이며 살아가기 위한 방편이기도 합니다. 가끔 어떤 일, 어떤 직장이 좋은 것일까를 생각합니다. 안정적으로 수입이 보장되고, 업무는 물론 사람들로부터 큰 스트레스 받지 않으며 명예도 따르는 일과 직업이 여기에 해당되겠지요. 그러나 단언컨대 이런 일과 직업은 없습니다. 희로애락의 인생사가 고스란히 녹아 있지 않은 일이 세상에 어디 있을까요? 하루에도 여러 번 일에서 벗어나 유유자적하고 싶은 생각이 굴뚝같습니다. 그러나 마음뿐입니다. 운명이라 생각하고 나의 일을 담담하게 받아들여야 할 터이지요.

매일 아침 반복되는 출근길의 긴장과 부담감이 힘들 수 있습니다. 그러나 이조차도 할 수 없는 분들을 생각해야 합니다. 힘들고 어렵다는 것은 정도의 차이일 뿐입니다. 그리고 마음먹기에 달렸습니다. 오히려 기력이 있어 일할 수 있음과 보석 같은 지혜를 일 속에서 길어 낼 수 있어 얼마나 고마운 일인지요!

일머리와 공부머리는

다르다

오랜 조직생활을 하면서 체득한 경험법칙이 하나 있습니다. 학교 다닐 때 우수한 성적을 거둔 사람이라 하더라도 사회에 진출하여서는 그에 상응하는 성취를 이루지 못하는 경우를 종종 보게 된다는 것이지요. 학력 등의 스펙과 업무능력이 꼭 비례관계에 있는 것은 아니라는 겁니다. 공부머리와 일머리는 별개입니다.

공부머리는 주로 학창시절에 통용되는 개념으로 지식을 습득, 정리, 활용하는 데 대한 재능 정도를 의미합니다. 이에 비해 일머리는 주로 사회생활에 통용되는 개념으로 업무와 관련해 최적의 결

삶의 변곡점, 마음 다이어트가 필요해

과를 도출하는 지혜의 정도라고 할 수 있습니다.

공부머리와 일머리는 왜 일치하지 않는 것일까요? 이를 설명할 수 있는 것이 영역 의존성Domain dependence 이론입니다. 영역 의존성이란 지식과 정보의 습득, 문제 해결 등에 탁월한 능력을 보이는 특정의 영역Domain이 있지만, 영역이 바뀌면 상황이 유사하더라도 예의 실력을 보여주지 못한다는 겁니다. 나심 탈레브Nassim Nicholas Taleb의 지적은 이를 잘 설명해 줍니다.

학교 다닐 때 공부 잘하고 성실했던 사람이 사회에 나와서도 반드시 일을 잘하고 유능하다고 인정받는 것은 아닙니다. 증권업계에서 탁월한 애널리스트라는 평판을 받는 사람도 본인이 직접 투자했을 때 손실을 보는 경우가 비일비재합니다. 부부갈등 심리를 잘 아는 유명 상담사라고 해서 그의 배우자와 항상 비둘기 같은 결혼 생활을 할 수 있을까요? 역설적이게도 이런 사람들의 부부갈등이 더 심할 수도 있습니다. 요컨대 이론과 현실은 다른 것이고, 머리로 알고 있는 지식이 전부가 아니라는 겁니다.

일을 처리하는 방법과 절차 등을 보면 공부머리로만 일을 하는지 아니면 일머리를 어느 정도 가지고 있는지를 알 수 있습니다. 공부머리 위주의 업무처리는 대체로 직선적입니다. 논리적 흐름으로는 당연한 듯 보이지만, 현실 상황과는 거리감이 있습니다. 나타날 수 있는 변수들과 그에 대한 대응이 매우 명쾌하고 나름의 답도 제시합니다. 그럼에도 '정말 그렇게 될까?'라는 의구심을 떨쳐 버리기 어렵습니다.

이에 비해 일머리가 있는 경우 큰 틀에서는 직선적 방향이지만 군데군데 굴곡이 있습니다. 고려하여야 할 이런저런 변수들을 제기하면서도 그에 대한 답을 쉽게 제시하지는 못합니다. 다만, 답을 얻기 위한 현실적 방법들을 많이 고민합니다. 그래서 '그렇군. 쉽지 않겠지만 그 방법이 좋겠어'라고 생각할 때가 많습니다. 실제로 일을 하면서 직면하는 여러 가지 문제들에 대해 바로바로 답을 찾는 것은 어렵습니다. 그렇게 될 요량이면 걱정할 일도 아니지요.

개인 단위이든 조직 단위이든 우리가 항상 마주하는 현장은 역동적이며, 당면한 문제들이 쉽게 해결되는 경우는 그렇게 많지 않습니다. 중요한 의사결정을 해야 하는 회의를 수시로 해야 하고, 제한된 시간에 여러 가지 업무를 긴박하게 처리하거나, 여러 이해관계가 얽히고설킨 사안에 대해 적절한 조정안을 고민해야 할 때도 많습니다. 현실 상황에 잘 대응하는 일 처리가 중요한 것이지요. 요컨대 일머리가 있어야 하는 겁니다. 일이 부여되었을 때 '어떠한 방식과 프로세스로 더 좋은 결과를 얻을 수 있을까'를 고민하고, 그 답을 찾아낼 수 있어야 합니다.

우리는 기존에 갖고 있는 지식이나 이론, 세계관 등의 정보들을 맹신하는 경향이 있습니다. 그래서 기존과는 분명히 다른 상황임에도 자기가 보고 싶은 것만 보고, 믿고 싶은 것만 믿습니다. 심리학자들은 이를 '확증 편향Confirmation bias'이라고 합니다. 사실을

삶의 변곡점, 마음 다이어트가 필요해

제대로 인식하지 못하는 것은 바로 이 확증 편향 때문입니다. 세상은 언제나 불확실하고, 불안정하고, 복잡합니다. 확실한 것은 세상에 확실한 것이 없다는 사실입니다.

공부머리에서 벗어나지 못하는 영역 의존성도 따지고 보면 확증 편향의 산물입니다. 그야말로 '헛똑똑이'인 셈이지요. 이런 부류의 사람들이 독선과 아집에 잘 사로잡힙니다. 우물 속의 개구리는 결코 동해바다의 넓고 깊음을 이해하지 못합니다. 이제까지 가졌던 확실함에 대한 믿음을 의심하여야 합니다. 그리고 우물이라는 영역을 벗어나야 합니다.

장기를 잘 두는 사람은 몇 수 앞을 내다보고 장기를 둔다. 그러나 다른 영역에서는 그 실력을 발휘하지 못한다. 우리는 한 영역에서 다른 영역으로 그 능력을 옮겨 갈 수 있다고 믿지만 그렇게 할 수 없다.

롤프 도벨리, 『스마트한 선택들』

일,

열심히 하는 것보다

잘하는 것이 더 중요하다

얼마 전 회의에서 있었던 일입니다. 전문가 한 분이 특정 안건을 회의 참석자에게 발표하고, 발표 내용을 중심으로 토론하는 회의였습니다. 발표 시간은 20분이 주어졌습니다. 그런데 발표자가 배포한 자료를 보는 순간부터 회의 참석자들은 아연실색할 수밖에 없었습니다. 회의 자료가 50페이지에 육박할 뿐만 아니라, 여백이 거의 없이 학술 논문 수준으로 문자로만 빽빽이 채워져 있었기 때문이지요.

아니나 다를까 그 많은 내용을 발표하려니 20분은 턱없이 부족

삶의 변곡점, 마음 다이어트가 필요해

하고 발표 시간은 50분을 넘기고 말았습니다. 발표자가 사전에 공지된 발표시간을 무시하고 열심히 발표에 몰두해서 이를 제지할 수 있는 분위기도 아니었습니다. 그렇다면 발표 내용이 참석자들에게 충분히 잘 전달되었을까요? 아닙니다. 발표 시간이 30분을 넘기면서는 집중도가 떨어지기 시작해 급기야 40분을 넘기면서는 일부 참석자를 제외하고는 아예 딴짓을 했습니다. 핸드폰을 만지작거리거나, 발표 내용과는 관련 없는 자료를 들추어 보거나 하는 것이지요. 그리고 슬슬 짜증이 나기 시작합니다.

발표자는 나름 열심히 자료를 준비하고, 자신이 연구한 내용을 최대한 많은 참석자에게 전달하고자 노력했던 것은 분명합니다. 그런데 이를 받아들이는 사람들이 보여 준 행동처럼 결과가 신통치 않았다면 문제가 있는 겁니다. 사실 발표자가 5페이지 정도로 자료를 축약해서 시간 내에 핵심 내용을 전달하였다면 결과가 훨씬 좋았을 거라 생각합니다.

일할 때에는 열심히 하는 것보다 잘하는 것이 중요합니다. 위의 전문가는 일을 열심히는 했지만, 잘하지는 못했습니다. 물론, '열심히' 하는 것이 잘못되었다는 것은 아닙니다. '열심히'라는 말이 성실함과 우직함을 의미한다는 점에서 여전히 중요한 가치인 것은 분명합니다. 그렇지만, 어느 조직이든 성과와 효율을 높이기 위해서는 스마트하게 일을 처리하는 것이 요구되기 때문에 단순히 열심히 하는 방식으로는 곤란합니다. 만약 위의 발표자가 같은 내용을 가지고 상관에게 보고하는 경우였다면 아마 그 보고는 퇴짜를 맞았을 가능성이 매우 큽니다.

이쯤에서 일을 잘하기 위한 또 하나의 팁을 제시하려고 합니다. 누구든 느끼고 있겠지만 만만한 세상일은 없습니다. 우리가 하는 업무의 대부분이 이리저리 꼬여 있고 해결책도 잘 보이지 않는 경우가 많습니다. 간단하게 정리될 수 있는 문제들이나, 쉽게 해결책을 찾을 수 있는 일들은 고민거리도 아니겠지요. 어디서부터 실마리를 찾아야 할지를 모르겠고, 문제 해결을 위한 대안들에 대해서도 여러 의견들이 난무하는 그런 상황들을 우리는 숱하게 마주해야 합니다. 저의 경우 이럴 때 가장 먼저 생각하는 것이 단순화와 원칙 찾기입니다.

우선 뒤죽박죽 복잡한 일을 최대한 단순화해 보는 겁니다. 겉으로 보기에 복잡한 상황이라 하더라도 얼개를 잡아나가면 의외로 간단하게 정리할 수 있습니다. 이를테면 현재 조직이 어떤 심각한 문제에 직면했다고 할 때, 먼저 문제의 본질을 정의하고 배경과 원인, 조직에 미치는 파급효과 등을 유목별로 정리해 보는 겁니다. 이러한 얼개는 앞서 언급한 정리정돈의 개념과 맥락을 같이 합니다. 정리정돈을 통한 단순화는 나와 조직을 둘러싼 상황을 구조적으로 분석하고 이해하는 원동력이 됩니다. 이것이 곧 '프레임워크'입니다. 프레임워크는 자신의 의도나 생각을 타인에게 효율적으로 전달하는 수단이기도 합니다.

삶의 변곡점, 마음 다이어트가 필요해

다음은 원칙의 문제입니다. 여기서 원칙은 기본에 충실함을 의미합니다. 저의 경험상 기본과 정도를 벗어난 일은 당장 별 탈이 없어 보이더라도 언제든 문제를 야기합니다. 원칙과 기본을 지키지 않은 결과는 참혹합니다. 일이 잘못되었을 때 변명의 여지가 없습니다. 반대로, 원칙과 기본을 지켰음에도 의도하지 않았거나, 바람직하지 못한 결과가 나올 수 있습니다. 어쩔 수 없습니다. 불편하더라도 받아들여야 합니다. 그럴 수밖에 없음을 주변에서도 인정하게 될 겁니다. '예외가 없는 원칙은 없다'고 합니다. 그러나 예외의 인정은 엄격해야 합니다. 그렇지 않을 경우 원칙은 훼손되고 꼬리가 몸통을 흔드는 결과가 초래될 가능성이 커집니다.

사안을 단순화하고 원칙과 기본을 지키는 데 대한 질책과 반발이 있을 수 있습니다. 그렇더라도 합리성에 기반한 논리로 상대방을 설득해야 합니다. 이렇게 했을 때, 일이 순리대로 풀리게 된다는 점 또한 우리는 그간의 경험으로 알고 있습니다.

교황이 미켈란젤로에게 물었다.
"당신은 어떻게 '다비드 상(像)' 같은 훌륭한 작품을 만들 수 있었습니까?"
미켈란젤로가 대답했다.
"아주 간단합니다. '다비드'와 관계없는 것을 다 버렸기 때문입니다."

롤프 도벨리, 『스마트한 선택들』

나는

어떤 여우일까?

여우가 길을 가다가 포도밭을 발견합니다. 마침 배도 고프고 해서 포도를 따 먹으려고 포도밭에 들어갔는데 포도송이가 너무 높은 곳에 있습니다. 도움닫기를 몇 차례 해도 역부족입니다. 여우는 포기하고 이렇게 말합니다.

"저 포도는 너무 시어서 어차피 먹을 수 없어. 그렇지 않다면 남아 있을 리 없지. 맛도 없는 포도를 따서 뭐 해!"

이솝우화에 나오는 이야기입니다. 자신이 할 수 없는 일에 대해 다른 핑계를 대며 스스로 위안을 삼는 것을 '자기합리화'라고 할 수 있습니다. 심리학에서는 이러한 심리 현상을 '인지 부조화'라고 합니다. 쉽게 말해 인지부조화는 자신의 본래 마음과 다르게 행동하면서 행동 동기를 그럴싸하게 포장하여 모순을 해소하는 심리 현상입니다.

여기까지는 일반적으로 잘 알려진 내용입니다. 그런데 이게 끝일까요? 이솝우화의 여우와 신 포도 이야기는 인간 심리에 대해 더 많은 고민거리를 안겨주고 있습니다. 이렇게 생각해 봅시다. 위에 나오는 여우는 다른 많은 여우들 가운데 하나일 뿐이고, 여우들의 생각은 각각 다르다고 말입니다. 그리고 여우를 사람으로 바꾸어 생각해 보는 겁니다. 포도를 따서 먹기 위한 여우의 동기부여와 기대의 정도에 따라 몇 가지 유형으로 나눌 수 있습니다.

먼저, 체념형입니다. 이 유형은 포도밭을 보고도 그냥 지나칩니다. '어차피 저 포도는 내가 먹을 수 없는 거야. 안 될 일 갖고 괜히 애쓸 필요 없잖아'라고 생각합니다. 매사에 소극적이고 수동적인 유형입니다.

둘째는 자기합리화형입니다. 행동은 해 보지만, 이내 안 되는 것을 알고 포기합니다. 그렇지만 자기가 못나서 포기하는 것이 아니라 상황이 좋지 않아서 포기하는 것이라 스스로를 위로합니다. 위에서 이야기한 이솝 동화의 주인공이지요.

셋째는 신념형입니다. 포도가 너무 높은 곳에 있는 것이 매우 불합리하고 불공평하다고 생각합니다. 이러한 부조리한 상황이 바뀌어야 한다는 신념을 가지고 있습니다. 그래서 포도나무에 분풀이도 하고, 상황을 바꿀 묘책을 열심히 고민하지만 문제는 해결되지 않습니다. 그러나 이 문제가 해결될 것이라는 신념은 변하지 않습니다.

넷째는 우직 미련형입니다. '무조건 내 노력으로 저 포도를 먹고 말 거야!'라고 생각하면서 포기하지 않고 시도합니다. 그러나 성공하지 못합니다. 결국 소득 없는 노력으로 자신의 힘만 소진하고 맙니다.

다섯째, 문제 해결형입니다. 포도를 따기 어려운 것은 결국 포도송이가 있는 위치와 자신의 신체적 위치 즉, 높이의 차이라는 점을 정확히 인식합니다. 그래서 사다리를 구해와 포도를 따는데 성공합니다. 또는 다른 여우들을 불러 모아 스크럼을 짜고 여우 탑을 만들어 포도를 땁니다. 이렇게 딴 포도를 어떻게 분배할지는 별개의 문제이겠지만 말입니다.

여섯째, 대안 모색형입니다. 포도와 비슷한 맛과 효용을 줄 수 있는 것을 고민하다가 레몬을 떠올립니다. 여우는 포도 대신 레몬을 먹으면서 생각하겠지요. '레몬이 포도보다 훨씬 달고 맛있네.' 포도를 따 먹기 더 좋은 다른 포도밭을 찾는 여우도 있습니다. 앞의 문제 해결형 여우에 편승해서 숟가락만 하나 더 얹으려고 하는 여우도 있고요.

어떤가요? 이솝우화의 여우와 신 포도 이야기에 살을 붙이는

삶의 변곡점, 마음 다이어트가 필요해

것이 재미있지 않습니까? 위에 언급된 유형 구분은 단지 예시일 뿐입니다. 더 세분화하거나 단순화해서 구분할 수도 있지요. 그만큼 마음의 현상이 다양하고 복잡하기 때문입니다.

그런데 여기서 우리는 두 가지 문제를 더 생각해 보아야 합니다. 먼저, 이솝우화에 나오는 여우처럼 자기합리화 성향의 여우만 있는 것이 아니라 다른 성향을 가진 여우도 많다는 점입니다. 어쩌면 이솝우화의 주인공 여우가 특수한 소수의 여우인지도 모를 일입니다. 다음은 각자가 가진 성향이 고정적이지 않다는 점입니다. 마음은 워낙 변화무쌍해서 하루에도 수십 번도 더 바뀔 수 있습니다. 이솝우화의 여우도 처음에는 자기합리화를 하고 돌아서다가도 문제를 해결할 방법이 있을 거라고 마음을 고쳐먹을 수 있습니다. 나는 어떤 유형일까요?

콜럼버스의 달걀과

고르디우스의 매듭

딱 맞아떨어지는 수학 문제가 아닌 한 세상일에 정답은 없습니다. 더 정확히 말하면, 삶을 살아가면서 만나는 여러 가지 문제들의 답은 상황에 따라 달라질 수 있다는 것입니다. 답이 보이지 않을 때에는 원하는 답을 만들면 됩니다. 앞으로 나아가야 하는데 길이 보이지 않으면 새로운 길을 만들어야 하듯이 말입니다.

이때 중요한 것이 발상의 전환입니다. 고정관념을 버리고 과감하게 해결책을 모색하면 새로운 답, 새로운 길을 발견할 수 있습니다. 이를 잘 보여 주는 이야기가 '콜럼버스의 달걀'과 '고르디우스의 매듭'입니다.

콜럼버스가 신대륙을 발견하고 귀국하자 그의 성공을 시샘하는 사람들이 많았다고 합니다.

"그저 서쪽으로만 가면 될 일로 무슨 영웅 대접이야. 누구나 할 수 있는 일인 걸."

그러자 콜럼버스는 달걀을 꺼내 들고, 비아냥거리는 사람들에게 달걀을 세워 보라고 합니다. 당연히 달걀을 세우는 사람이 없었습니다. 이때 콜럼버스는 달걀 한쪽을 깨트린 다음에 이를 탁자에 세웠고, 사람들은 "그걸 누가 못하느냐?"고 비웃었죠.

콜럼버스는 단호히 말했습니다.

"누군가 한 번 달걀을 세우면 많은 사람이 쉽게 따라 할 수 있습니다. 새로운 땅을 찾아 나서는 모험도 마찬가지이지요. 아무리 쉬워 보이는 일도, 맨 처음에 할 때에는 어려운 일인 것입니다."

'고르디우스의 매듭' 이야기도 맥락이 비슷합니다. 고대 소아시아에 프리기아라는 나라가 있었습니다. 이 나라에는 왕이 없었는데, 어느 날 "우마차를 타고 오는 자가 왕이 될 것이다"라는 신탁이 내려왔습니다. 이에 따라 우마차를 타고 온 고르디우스가 프리기아의 왕이 되었습니다. 이후 고르디우스의 왕위를 물려받은 미다스가 자신과 아버지가 타고 들어온 우마차를 수도 고르디움의 신전에 바치면서 신전 기둥에 아주 복잡한 매듭으로 이를 묶어 두고 '매듭을 푸는 자, 아시아의 지배자가 되리라'라고 예언했습니다.

그 뒤로 수많은 사람이 이 매듭을 풀기 위해 도전했지만 모두 실패로 끝났고, 이 매듭은 영원히 풀지 못할 '고르디우스의 매듭'이 되었습니다.

기원전 334년 알렉산더 대왕이 아시아 정복 길에 고르디움에 들러 '고르디우스의 매듭' 이야기를 듣고 신전을 찾아갑니다. 사람들은 속으로 생각합니다.

'천하의 알렉산더도 저 매듭만큼은 풀 수 없을 거야.'

그런데 매듭을 살펴보던 알렉산더 대왕이 칼을 빼 들고 단칼에 매듭을 잘라 버립니다. 그리고는 외칩니다.

"아시아를 정복할 사람은 바로 나, 알렉산더다!"

상식의 틀을 깨야 할 때가 많습니다. 우리가 가지고 있는 상식적 생각 또는 고정관념만으로는 새로운 아이디어를 떠 올리거나 혁신적인 것을 만들어 내는 데 한계가 있기 때문입니다. 고정관념을 버리고 상식 너머를 보아야 합니다. 또한 특정 사안에 대해 우리가 늘 바라보는 방식에서 벗어나 정반대 방향이나 거꾸로 뒤집어 놓고 보아야 할 때도 있습니다. 아무리 험준한 산이라도 여러 각도에서 보면 정상에 이르는 보다 쉬운 길이 보이듯이 말입니다.

가끔 기업체 입사 면접 등에서 다소 짓궂은 질문을 하는 경우가 있다고 합니다. 예를 들어 '알래스카에서 냉장고를 파는 방법을 제시하시오', '스님에게 어떻게 하면 빗을 팔 수 있을까?' 등, 선뜻 답하기가 쉽지 않습니다. 왜냐하면 우리의 선입견이나 상식과는 동떨어진 상황이 제시되었기 때문이겠지요. 일 년 내내 동토의 왕국인 알래스카에서 냉장고가 무슨 소용이 있나요? 머리를 빡빡 깎은 스님에게 빗이라니요? 이런 질문들의 목적은 대안에 이르는 접근 방법이나 순발력을 가늠하기 위한 것입니다. 그럼에도 불구하고 발상을 전환하면 재미있는 방법이 없는 것은 아닙니다.

비슷한 예로 일 년 내내 무더운 아프리카에서 히터를 파는 방법을 생각해 봅시다. 현실적으로는 무리가 있겠지만, 히터가 필요한 논리적 이유는 제시할 수 있습니다. 예를 들어 기능 측면에서 비 오는 날의 제습기나 농산물 건조기로 사용할 수 있겠지요. 그리고 환경 측면에서 최근 전 지구적 기후변화로 밤낮의 온도 차가 커지므로 이에 대비해야 한다는 점도 이유가 될 수 있습니다. 심리적 측면에서는 히터를 갖는 것이 부의 상징이고 사회적 위신 제고에 도움이 된다는 논리도 가능합니다.

고민을 거듭해도 풀리지 않는 문제가 있다면 방법을 바꾸어 보길 권합니다. 콜럼버스가 달걀을 깨 버리듯, 알렉산더가 매듭을 칼로 잘라 버리듯 말입니다.

2004년 영국 BBC 라디오 프로그램에서 상금 1만 파운드한화 2천만 원가 걸린 퀴즈를 내었다.

맨체스터에서 런던까지 가장 빨리 가는 방법은 무엇일까요?

수많은 응모자가 방법을 제시하였다. 단 하나의 방법을 제외하고 모두의 동의를 얻은 것은 없었다. 퀴즈에서 우승한 그 하나의 방법은 다음과 같았다.

'좋은 친구와 함께 가는 것'

육근열, 월간 『인사관리』 2017년 12월호

삶의 변곡점, 마음 다이어트가 필요해

현미경microscope과

망원경telescope

현미경과 망원경의 용도를 모르는 분은 없으시겠지요? 현미경은 가까이 있지만 육안으로 보이지 않는 아주 미세한 대상을 관찰하기 위한 것이고, 망원경은 멀리 있어서 육안으로 볼 수 없는 물체를 관찰하는 것입니다.

언뜻 보면 용도가 반대인 듯하지만, 실상은 같은 이치가 적용되는 도구들이지요. 광학이론을 조금 언급한다면 볼록렌즈와 오목렌즈를 어떻게 조합하느냐에 따라 현미경도 되고 망원경도 되는 것입니다. 현미경과 망원경 모두 대상을 확대해서 보여 주기 때문입니다. 차이가 있다면 관찰 대상과 관찰자의 눈 사이 가까이 있는 것은 현미경으로, 멀리 있는 것은 망원경으로 관찰하는 것입니다. 이 현미경과 망원경을 사람의 심리나 대인관계 등에 대입시키면 재미있는 이야기를 풀어낼 수 있습니다.

심리적 측면을 보겠습니다. 결론부터 말하자면 사람들은 마음 속에 현미경과 망원경을 가지고 있습니다. 자신의 내면을 치밀하게 들여다보는 마음의 현미경과 함께, 때로 사소한 것은 훌훌 털어 버리고 큰 가닥만을 보려고 하는 마음의 망원경 말입니다.

이 두 가지를 어떻게 사용하는지는 사람마다 정도의 차이가 있습니다. 조금 단순화해서 말하면 이른바 소심한 사람과 대범한 사람의 차이라고 할까요? 소심한 사람은 마음의 현미경에, 대범한 사람은 마음의 망원경에 의지한다고 볼 수 있습니다. 소심함과 대범함, 둘 중 어느 것이 더 좋고 나쁜지를 판단하기는 어렵습니다. 살다 보면 소심함도 대범함도 필요할 때가 있습니다. 결국, 마음을 동요시키는 일들에 대해 스스로 마음의 현미경과 망원경을 적절히 사용할 수 있어야 덜 혼란스럽고 덜 괴로운 것이 아닐까요?

대인관계에도 이를 적용할 수 있습니다. 우리는 사람들의 행동 하나하나를 마치 손금 보듯이 세세히 평가하는가 하면, 인생 역정 전반을 뭉뚱그려 보고 평가하기도 합니다. 이렇게 해서는 그 평가가 온전할 수 없습니다. 사람은 누구나 장점도 있고 단점도 있기 마련입니다. 이를 균형 있게 보아야 합니다. 단점이 많은 사람도 큰 틀에서 보면 긍정적인 면이 보일 수 있고, 장점이 많은 사람도 부족할 수 있습니다.

우리는 사람을 평가할 때 장점과 단점 어느 한 측면에 치우치는 경향이 있습니다. 그 사람에 대한 첫인상이나 다른 사람으로부터 전해 들은 이야기 따위가 선입관으로 작용하기 때문입니다. '확증 편향confirmation bias 또는 myside bias'에 빠지는 것이지요. 자신이 보고 싶은 것만 보고, 믿고 싶은 것만 믿는 경향을 보입니다. 이를테면 한 접시에 신 포도와 달콤한 체리가 있을 때 체리만 골라서 집어먹는 것cherry picking처럼 말이지요. 요컨대 현미경과 망원경은 사람과의 관계에서도 확증 편향의 덫에 걸리지 않도록 해 주는 것입니다.

조직이나 회사에 적용할 수도 있습니다. 조직을 운영하거나 회사를 경영할 때 현미경과 망원경은 둘 다 꼭 필요합니다. 기업이나 조직의 성패는 그를 둘러싼 환경의 변화에 어떻게 대응하느냐에 달려 있습니다. 변화는 제품이나 서비스에 대한 소비또는 고객의 기호가 미세하게 바뀌는 것에서부터 인구의 고령화, 지구 온난화, 정보 기술의 발달처럼 거대한 트렌드가 바뀌는 것까지 포함되는 것이지요.

이러한 변화를 읽을 수 없으면 살아남기 어렵습니다. 현재 우리 조직 또는 회사가 안고 있는 문제점과 주변의 환경 변화를 현미경처럼 예리하게 들여다보고 냉철한 대응책을 강구하여야 합니다. 이와 함께 망원경을 가동하여 10년 뒤, 50년 뒤에도 존속하기 위한 먹거리를 찾을 수 있어야 합니다.

국내 대학을 졸업한 후 글로벌 기업인 3M에 평사원으로 입사해서 해외사업 부문을 총괄하는 수석 부회장까지 오른 입지전적인 인물, 신학철2020년 1월 기준 LG화학 부회장 씨는 말합니다.

"기업은 멀리 보는 망원경과 가까운 곳을 정밀하게 볼 수 있는 현미경 두 가지를 동시에 갖고 있어야 한다. 눈앞에 닥친 과제를 놓치면서 장기 전망을 논한다는 것은 말이 안 된다. 그렇다고 바로 앞만 보면 결국 무너질 수밖에 없다."

조직과 기업의 생존, 나아가 지속가능한 성장을 위해서는 현미경과 망원경의 작동이 조화를 이루어야 합니다. 장기적인 비전과 당장의 디테일이 톱니바퀴처럼 견고히게 맞물려 돌아가야 합니다.

허울 좋은 비전으로 겉멋을 부리다가 전혀 실속을 챙기지 못하고 도태되는 예를 보는 것은 어렵지 않습니다. 사람이든 회사든 실력은 디테일에서 차이가 납니다. '악마는 디테일에 있다Devil is in the detail'고 하듯이 디테일의 추구는 힘겹고 또 다른 문제를 야기하기도 합니다. 그렇지만, 성공을 위해서는 반드시 거쳐야 할 과정입니다. 반대로 지금 당장의 지엽적이고 디테일한 문제에만 집착하는 것 역시 결코 바람직한 모습은 아닙니다. 이렇게 해서는 앞에 있는 큰 기회를 놓쳐 버리기 십상입니다. 나무는 보고 숲을 보지 못하거나, 반대로 숲은 보면서 나무를 보지 못하는 어리석음을 경계해야 합니다.

거북이가

괴물로 변하는 과정

'말 전달하기 게임'이라고 있습니다. TV 예능 프로그램 등에서 가끔 행해집니다. 예를 들어 한 팀을 8인으로 구성하고 한 줄을 만듭니다. 맨 앞의 사람이 메모지 등에 적힌 정보를 혼자 본 후 줄 뒤의 사람에게 귓속말로 그 정보를 전달합니다. 이렇게 해서 특정 정보가 첫 사람부터 시작해서 마지막 사람에게 전달되기까지 얼마나 정확하게 전달되었는지를 보는 게임이지요. 전달 과정에서 게임 참가자 간에 다시 묻는 것은 금지됩니다. 제시된 정보가 다음과 같다고 합시다.

"5월 5일 어린이날 잠실구장에서 프로야구팀 삼성라이온즈가 LG트윈스를 3:2로 이겼다."

최종 전달 결과를 보면 재미있습니다. "어린이날 잠실에서 라이온즈가 트윈스를 이겼다", "어버이날에 라이온즈가 트윈스를 3:1로 이겼다", "5월 5일 서울 잠실에서 트윈스가 라이온즈에게 3:2로 이겼다" 등 여러 가지 결과들이 나올 수 있습니다. 사실 말 전달하기 게임에서는 전달자 수가 많을수록 처음에 제시된 정보가 정확하게 최종 주자에게 전달되는 경우가 드뭅니다.

재미있는 동화가 있습니다. 평화로운 숲속 마을의 어느 날, 생쥐는 아주 이상한 동물을 보았습니다. 생쥐는 고슴도치에게 달려가 말했습니다. "목이 길고 등이 굽은 이상한 동물이 나타났어!" 그러나 고슴도치는 고슴도치의 세계밖에 알지 못하기에 이상한 동물 이야기를 사슴에게 전하며 "목이 길고 등이 굽고 가시가 난 이상한 동물이 나타났어!"라고 이야기합니다.

또 사슴은 사슴의 세계밖에 알지 못하기에 "목이 길고 등이 굽고 가시가 있고 뿔이 난 동물이 나타났어!"라고 원숭이에게 전합니다. 이렇게 생쥐의 말은 동물들을 거치며 변화합니다. 고슴도치는 가시를, 사슴은 뿔을, 원숭이는 꼬리를 붙이고, 코끼리는 큰 덩치를 붙여 사자에게 전달되었을 때는 "목이 길고 등이 굽었으며 가시가 있고 뿔이 난 꼬리가 긴 덩치 큰 동물이 나타났어!"라고 전달됩니다. 사자는 괴물이 나타났다고 결론짓고 "괴물이 나타났어!"라고 소리 지릅니다. 평화롭던 동물 마을은 아수라장이 되고 동물들은 모두 숨어버립니다. 동물들이 놀란 괴물의 정체는 '거북이'였습니다. 이 동화가 의미하는 바는 무엇일까요? 구두로 전해지는 말은 최초 발신자에서 최종 수신자에게 전달되는 과정에서 왜곡될 가능성이 매우 크다는 것을 보여줍니다. 이러한 현상은 의도적이든 의도적이지 않든 특정 개인의 명예를 훼손하기도 하고, 사회 경제적으로도 심각한 혼란을 초래할 수도 있습니다.

이 현상은 또 하나의 중요한 시사점을 보여 줍니다. 조직이 방대하고 복잡할수록 상부의 지시사항이나 방침이 하위부서 조직원에게 일사불란하게 전달되는 것이 현실적으로 어려울 수 있다는 것이지요. 반대의 경우 즉 일선 현장의 의견이나 목소리가 최고위층에 전달되는 경우도 마찬가지입니다. 어떠한 조직이든 의사소통 채널의 병목현상은 문제 발생으로 이어집니다. 조직의 상부에서는 현장을 제대로 파악하지 못하고, 하부에서는 조직 전체의 비전과 목표 공유에 실패할 수 있습니다.

가정이나 회사에서 의사소통 채널이 잘 작동한다고 많은 사람이 자랑스럽게 이야기합니다. 그렇지만 냉정하게 생각해 봅시다. 우리는 듣고 싶은 것만 듣고, 말하고 싶은 것만 말하고 있는 것은 아닐까요?

프랑스가 베트남을 식민지배할 때 있었던 일입니다. 당시 베트남에는 쥐가 매우 많았습니다. 쥐는 곡식도 축내고, 전염병도 옮깁니다. 이에 프랑스 식민 정부는 쥐를 박멸하기로 합니다. 쥐를 잡아 오면 그 수만큼 보상을 하기로 했지요. 그런데 이상하게도 쥐는 더욱 들끓었습니다. 왜 그랬을까요? 사람들이 쥐를 잡아 오는 것이 아니라, 보상을 받기 위해 쥐를 사육하여 가져오는 겁니다. 결과적으로 쥐를 박멸하고자 했던 것이 오히려 늘린 꼴이 되고 말았습니다.

1996년 중국에서도 비슷한 사례가 있었습니다. 허위안阿源이라는 광동성廣東省 지방의 소도시는 '중국 공룡의 고향'이라고 홍보할 정도로 공룡화석이 많기로 유명합니다. 그런데 이렇게 많은 공룡화석을 모을 수 있었던 데에는 웃지 못할 속사정이 있습니다. 당시 연구 목적으로 공룡 뼈를 가져오는 사람에게 돈을 준다고 하자 사람들이 돈을 더 받기 위해 멀쩡한 공룡 뼈를 발견하고서도 이를 잘게 쪼개어 따로 제출하였다고 합니다.

중동의 사해지역에서 발견된 사해 문서도 비슷한 경우입니다. 사해 문서는 1947년 염소를 찾아 헤매던 목동이 동굴 안에서 우연히 발견한 양피지 문서를 말합니다. 처음 발견된 이후 약 10년간에 걸쳐 사해 연안의 여러 동굴에서 100여 개 이상이 발견되었습니다. 당시에 고고학자와 골동품 애호가들은 새로운 양피지 문서를 발견해서 가져오면 돈을 주기로 하였는데, 중국의 공룡 뼈와 마찬가지로 온전한 양피지 문서를 여러 조각으로 나누어 가져온 사례가 있었다는 겁니다.

이것이 전적으로 우리 인간의 탐욕 때문에 일어난 일일까요? 물론 인간의 탐욕이 중요한 이유임은 부인할 수 없지만, 금전적 보상에는 함정이 숨어 있습니다. 우리는 흔히 금전적 보상 또는 인센티브를 내걸면 이것이 동기부여가 되고, 그 성과 또한 좋아질 것이란 막연한 믿음을 가지고 있습니다. 그러나 꼭 그렇지 않다는 것이 여러 가지 실험과 이론들로 뒷받침되고 있습니다.

정보의 불평등또는 비대칭에 대표적인 예가 따른 모럴해저드와

역선택 이론입니다. 위에 언급한 사례의 경우 보상을 주는 측과 받는 측이 가지고 있는 정보에 차이가 납니다. 보상의 대상이 되는 물건또는 행위에 대해 누가 더 많거나 정확한 정보를 갖고 있을까요? 당연히 보상을 받으려고 하는 측입니다. 즉 자신이 가진 정보와 유리한 조건을 이용해 부당한 이득을 취할 가능성이 큽니다. 이것이 모럴해저드이며, 이 결과로서 상대방은 손실 또는 희생을 감수하게 되는 역선택을 하게 됩니다. 이런 일들은 우리 주변에서 매우 다양한 형태로 나타납니다. 화재보험이나 건강보험에 가입한 사람이 보험금을 탈 수 있다는 생각에 난폭운전을 하거나, 평소 건강관리에 소홀한 경우를 심심치 않게 봅니다. 그리고 은행 직원이 실적을 부풀리기 위해 파산 위험을 치밀하게 검토하지 않은 채 대출하여 문제가 되기도 합니다.

보상을 받는 사람들의 이러한 행태에 대해 이들이 다른 사람에 비해 특별히 나쁜 사람이라고 단정하기는 어렵습니다. 오히려 인간의 본성이 인센티브에 유혹당하기 쉽다는 것을 보여 주는 것은 아닐까요? 금전적 보상이 인간의 내면적 동기를 약화하는 경우도 있습니다. 이를 잘 보여 주는 것이 선의로 행하는 자원봉사활동이라 할 수 있습니다. 자원봉사활동에 대해 금전 보상을 한다고 하면 이는 봉사활동의 취지와도 맞지 않을뿐더러, 기분 좋게 받아들일 사람은 많지 않을 겁니다. 물론, 사람에 따라 다르겠지만 말입니다.

보상이 가지는 함정은 다른 측면에서도 흥미롭습니다. 보상이 커질수록 이에 대한 사람들의 동기유발 정도도 커질 것인가 하는 점입니다. 이에 대한 고전적 실험 결과가 '여키스-도슨 법칙Yerkes-Dodson Law'입니다. 1908년 미국의 심리학자이자 동물학자인 로버트 여키스Robert Yerkes와 존 도슨John Dodson은 쥐를 대상으로 미로 실험을 하였습니다. 미로에 쥐를 가두어두고 출구로 연결되지 않는 일부 미로의 바닥에 전기 자극을 주었습니다. 그리고 미로 구조를 바꾸어 가며 전기 자극의 강도를 높여 보았습니다. 결론은 어느 정도의 전기 자극은 쥐들이 출구를 찾는 데 도움을 주지만, 자극이 과도하면 출구 찾기를 포기하고 겁에 질려 우왕좌왕하는 모습을 보인다는 겁니다. 이 실험은 적절한 수준의 자극은 성과를 높이는 데 기여하지만, 자극이 과도하면 역기능을 초래한다는 것을 보여줍니다.

여키스-도슨 법칙을 보수와 성과에 적용하면 어떻게 될까요? 행동경제학자인 댄 애리얼리Dan Ariely가 재미있는 실험을 했습니다. 그는 학생들에게 계산 문제를 주고 정답 문항 개수가 특정 기준을 넘으면 정답을 맞힐 때마다 보상을 주었습니다. 그 결과, 학생들은 총 30달러까지 보상받았을 경우 가장 많은 문제를 풀었고, 보상금이 300달러로 높아지자 정답을 맞힌 문항 수가 절반으로 줄었다고 합니다.

결국, 과다한 보상이 제시되면 평정심이 흔들리면서 스스로를 압박하게 되고, 오히려 성과를 떨어뜨리게 되는 것이지요. 이렇게 본다면 일을 할 때 지나치게 보상인센티브을 앞세우기보다는 사람들의 능력을 보아가며 스스로 동기부여를 하도록 격려하고 자신감을 가지게 하는 것이 중요하지 않을까요? 특히, 회사는 직원들로 하여금 '지금의 내 일자리가 그만두기에 정말 아깝다'고 생각하도록 유도할 필요가 있습니다.

삶의 변곡점, 마음 다이어트가 필요해

우리가

회의에 목숨을 거는

이유

친구가 술 한잔하면서 푸념을 늘어놓습니다. "회의 때문에 미치겠어! 요즘 더 심한 것 같아. 아침 출근부터 저녁 퇴근까지 회의로 시작해서 회의로 끝을 낸다고!" 이쯤 되면 회의 자체가 일입니다. 출근하자마자 갖는 티타임도 말이 그렇지 회의인 경우가 많지요. 이처럼 조직 생활과 회의는 떼려야 뗄 수 없는 것입니다. 업무성과를 조금이라도 높이려면 한 사람의 생각이나 지식보다 그 업무와 관련이 있는 다수의 의견과 지식이 필요하기도 합니다. 여하튼 우리는 지금 '회의 과잉의 시대'를 살고 있습니다.

그런데 정말 그 많은 회의를 해야 할까요? 회의를 위한 회의는 없는지요. 매일 수없이 갖는 회의 가운데 중요한 안건들이 충분히 검토되고, 창의적이고 생산적인 의견들이 개진되는 회의는 얼마나 될까요? 회의를 꼭 해야 하는 진짜 이유는 무엇일까요? 회의 과잉의 시대에 이러한 근본적인 질문을 던질 필요가 있습니다.

어느 조직이든 불필요한 회의가 많아지는 것은 그 조직에 대한 위험신호라고 이야기합니다. 일과시간 중에 거듭된 회의는 업무를 수행하여야 할 절대적 시간을 잡아먹습니다. 회의를 하고 나면 일이 더욱 늘어나는 것이 일반적인 현상입니다. 그러면 밀린 일을 처리하기 위해 회사에서 야근을 하든지 집으로 일을 싸 들고 가서 해야만 합니다. 이쯤 되면 회의 참석자의 상당수가 '회의만 하고 일은 언제 하나?'라는 회의감懷疑感을 가질 수밖에 없겠지요. 잘해 보자고 한 회의가 오히려 조직에 독이 될 수도 있습니다. 이런 식의 일 처리가 생산적이지 못하다는 데 대해서는 누구든 공감할 겁니다. 오죽하면 '바보들은 회의만 한다'라는 말이 있을 정도이니 말입니다.

보통 조직 내에서 하는 회의는 상사가 주재하고 휘하의 직원들이 안건에 대해 각자의 의견을 개진하고 토론하는 형식으로 이루어지기 마련입니다. 그런데 이런 회의에서는 자유롭게 의견을 내기가 어렵습니다. 특히 상사의 입장을 공격하거나 반대하는 의견은 더욱 그렇습니다. 용기를 내서 뭔가를 이야기하더라도 무시당하기 일쑤이고 자신의 의견이 채택되는 경우 그 의무와 책임을 오

삶의 변곡점, 마음 다이어트가 필요해

롯이 자신이 져야 한다면 과연 누가 선뜻 의견을 낼까요.

'사소함의 법칙law of triviality'이 있습니다. 영국의 역사학자 시릴 파킨슨Cyril Northcote Parkinson이 제안한 것인데, 회의와 관련해 매우 통찰력 있는 주장입니다. '회의에서 특정한 안건에 대해 이야기하는 시간은 안건에 소요되는 비용에 반비례한다'는 것입니다. 큰일을 결정하는 데에는 시간과 노력을 적게 들이면서 작은 일에 더 큰 에너지를 쏟는 경우를 비꼰 것입니다. 그가 제시하는 사례를 보면 수긍이 가고도 남습니다.

"어느 대기업 임원 회의에서 임원들은 1억 파운드가 넘게 드는 공장을 신축할 것인지를 결정해야 했다. 그런데 회의 시작 15분 만에 별다른 반론 개진도 없이 신축하는 것으로 결정했다. 다음 안건은 본부 건물 앞에 직원용 자전거 거치대를 세우느냐 마느냐는 것이었다. 여기에 소요되는 예산은 3,500파운드에 불과했다. 이에 대해 임원들은 1시간이 넘게 격론을 벌였고, 비용뿐만 아니라 거치대의 재료에 대해서까지 논란이 이어졌다."

위의 사례에서처럼 사람들은 중요한 안건일수록 책임이 커지므로 자신 있게 의견을 내지 못합니다. 또한 그러한 안건은 대체로 내용이 복잡하고 구체적인데, 이를 잘 모르는 상태에서는 함부로 말하기가 곤란합니다. 반대로 사소한 안건일수록 책임과 부담이 적고 말하기가 한결 쉽습니다. 당연히 그 안건에 대해서는 모두가 전문가인 것처럼 자기 의견을 주장하고 몰입하는 것이지요.

회의를 하는 이유도 생각할 부분이 많습니다. 표면적인 목적은 전략 수립이나 문제 해결 따위가 회의 개최의 목적이겠지요. 그러나 냉정히 따지고 보면 상당수의 회의가 절차적 정당성을 확보하기 위한 것입니다. 즉 '회의에서 토론을 통해 결정한 사항이니까 아무도 시비 걸지 못하겠지!'라고 말입니다. 또한 회의는 책임을 분산시키기 위한 것이기도 합니다. 회의를 통한 공동의 의사결정은 참여자 모두의 책임이니까요. 이런 이유 때문에 공동의 의사결정은 개인의 의사결정보다 더 모험적입니다. 실패하더라도 내가 모든 책임을 지는 것이 아니기 때문이지요. 더 안 좋은 경우는 상사가 부하들에게 기합을 주거나 질책을 목적으로 하는 회의입니다. 상사로서 회의를 하면서 잘 안 돌아가는 부분에 대해 챙기는 것은 당연합니다. 그러나 회의는 기합이나 질책을 하는 시간이 아닙니다. 꼭 필요하다면 다른 방법을 사용해야 합니다. 이런 상사는 조직 내에서 제대로 인정받지 못하는 하수입니다.

우리는 요즘 '소통'의 중요성을 입에 달고 삽니다. 리더의 가장 소중한 덕목 가운데 하나가 소통입니다. 진정한 리더는 불필요한 회의를 남발하지 않습니다.

삶의 변곡점, 마음 다이어트가 필요해

집단지성이

언제나 옳을까?

'우리는 나보다 똑똑하다.' 집단의 힘이 개인의 힘보다 우월할 것이라는 믿음입니다. 이러한 믿음을 반영하여 제임스 서로위키James Surowiecki는 "특정 조건에서 집단은 집단 내부의 가장 우수한 개체보다 지능적"이라고 주장하였습니다. 이것은 다수의 개체가 서로 협력하거나 경쟁하는 과정을 통하여 얻게 된 집단의 지적 능력, 즉 집단지성Collective Intelligence이 개체의 지적 능력을 넘어서는 힘을 발휘할 것이라는 암묵적 전제를 바탕에 깔고 있습니다.

집단적 능력은 미국의 곤충학자 윌리엄 모턴 휠러William Morton

Wheeler가 개미의 군집 활동에 착안하여 제시한 개념입니다. 그는 개체로는 미미한 개미가 공동체로서 협업하여 거대한 개미집을 만들어 내는 과정을 관찰하였습니다. 이를 통해 개미는 개체로서는 미미하지만 군집群集 상태에서는 높은 지능체계를 형성한다는 것을 설명하였습니다. 이후 프랑스 출신의 사회학자 피에르 레비 Pierre Levy는 인터넷을 기반으로 한 집단지성을 강조하였습니다. 그는 사이버 공간에서 지식과 정보의 자유로운 분배와 상호 교환을 통해 집단지성의 가능성을 강조합니다.

레비의 주장을 가장 잘 뒷받침하는 집단지성 사례가 위키피디아Wikipedia입니다. 수많은 사람들이 실시간으로 관련 정보들을 생성하고 업데이트함으로써 인터넷 지식의 허브 역할을 담당하고 있습니다. 찰스 리드비터Charles Leadbeater에 따르면 개방형 백과사전인 위키피디아는 브리태니커 백과사전을 규모 면에서 이미 추월하였습니다. 브리태니커 백과사전에 포함된 단어의 수는 4,400만 개이지만, 위키피디아에는 2억 5,000만 개의 단어가 포함되어 있다고 합니다.

정보기술IT의 눈부신 발전은 사이버 공간을 중심으로 집단지성의 발현이 촉진될 수 있음을 잘 보여 주고 있습니다. 생산되는 지식의 품질 문제 등에 대한 논란이 있기는 합니다만, 협업과 융합을 통한 집단지성의 강화 경향이 대세임은 분명해 보입니다. 또한 서로위키의 말처럼 편향이 없는 집단지성의 정당성도 인정됩니다.

삶의 변곡점, 마음 다이어트가 필요해

그는 다양한 문제들이 주어졌을 경우 개인이 집단보다 일관되게 나은 결과를 지속적으로 내릴 가능성은 거의 없다고 말합니다. 따라서 지적 능력이 뛰어난 사람들이라고 해서 집단을 지배해야 할 이유는 없다고 강조한 것은 지극히 타당한 주장입니다.

편향이 없는 집단지성이 형성되기 위해서는 중요한 전제조건이 있습니다. 참여자들이 서로의 의견에 영향을 받지 않고 모두 독립적으로 자신의 의견을 내어야 한다는 겁니다. 사람들이 어떤 식으로든 서로 영향을 주고받는 순간 그 집단은 쉽게 어리석은 군중이 될 수 있습니다. 이것을 보여 준 유명한 실험이 솔로몬 애쉬Solomon Asch의 실험입니다.

실험 참가자들에게 기준이 되는 선 1개와 다른 선 3개를 제시합니다. 그 3개의 선 중에서 기준선의 길이에 가장 근접한 선을 고르게 하는 것이지요.

기준선에 가장 근접한 선은 분명히 c입니다. 시시한 실험 같지만 여기에는 함정이 있습니다. 실험 참가자를 10명이라고 가정합니다. 이 중 9명이 먼저 큰 소리로 a를 답합니다. 틀린 답을 말한

9명은 a라는 오답을 답하도록 사전에 미리 이야기되어 있었습니다. 실험 결과, 마지막 답을 한 참가자의 2/3가 정답 c 대신 오답 a를 선택했습니다. 이는 자신이 아는 바를 주장하지 못하고 다수의 의견에 동조한 것입니다.

로버트 건서의 『결정의 심리학』을 참고하자면 집단지성과 관련하여 놓치지 말아야 할 부분이 전체주의가 집단지성으로 포장되는 것입니다. 이 경우 집단지성이 집단의 광기로 흐를 수 있음을 역사적 사실이 보여 줍니다. 예일대학교의 스탠리 밀그램Stanley Milgram 교수는 1961년에 다소 논란이 되는 실험을 하였습니다.

실험 참가자들이 각각 다른 방에 들어가 마이크와 이어폰으로 교신하면서 단어 퀴즈를 맞히고, 틀린 답을 말할 때마다 전기충격을 가합니다. 실험 참가자는 모두 3그룹으로, 전기충격 처벌을 명령하는 권위자와 권위자의 명령에 따라 전기충격 버튼을 눌러 직접 처벌을 실행하는 주된 피실험자인 교사, 마지막으로 단어 퀴즈에서 틀린 답을 말하면 처벌을 받는 학생들입니다.

본격적인 실험에 들어갑니다. 교사의 단어 퀴즈를 맞히지 못한 학생들에게 처벌이 가해집니다. 처음 틀렸을 때에는 15V의 전기충격이 가해지고, 틀린 횟수가 많아지면서 30V에서 45V로 마지막에는 450V까지 가해집니다. 전기충격 처벌을 받는 학생들은 괴로움에 비명을 마구 지릅니다. 교사 역할을 맡은 피실험자는 마음의 동요가 일어납니다. 권위자는 계속하여 답이 틀릴 때마다 전기충격의 강도를 높이라고 명령합니다. 피실험자인 교사들은 주저하는 모습을 보이면서도 권위자의 명령에 따라 충격의 강도를 높입니다. 심지어 최고 충격 수준인 450V까지 높인 피실험자는 60%로 나타났습니다. 처벌을 받는 학생들은 연기자로, 피실험자인 교사는 학생들이 연기자인 줄 모릅니다. 피실험자인 교사가 누르는 처벌 버튼도 사실은 가짜입니다.

이 실험은 나치 전범 아돌프 아이히만에 대한 재판이 열린 직후에 실시되었는데, 평범한 사람이 유대인 대학살이라는 터무니없는 잔학행위에 연루된 이유를 알기 위한 것이었습니다. 결국 실험은 인간이 권위와 힘 앞에 얼마나 나약한 존재인지를 보여 줍니다. 아무리 양심적이고 순박한 사람도 권위에 굴복해 비인간적이고 부당한 명령을 수행할 수밖에 없는 인간의 무기력함을 보여 주는 것이지요.

'한 사람 한 사람을 보면 모두 똑똑하고 훌륭한데 특정 집단에 들어가는 순간 사람이 이상해진다'는 이야기들을 많이 합니다. 상식 수준에도 미치지 못하는 그들의 행태를 보면 아연실색하지 않을 수 없습니다. 사이버 공간은 또 어떠한가요? 정제되지 않은 온갖 정보들이 넘쳐나고, 참여자 간의 악의와 비방이 난무합니다. 그릇된 영향력 행사를 차단하는 것은 사실상 불가능에 가깝습니다. 이러한 상황에서 건전한 집단지성이 발현될 수 있을지는 지극히 의문입니다. 집단지성의 발현이 말처럼 쉬운 것도, 언제나 옳은 것도 아닙니다. 이제부터라도 집단지성이라는 말의 중독성에 취하지 말아야 합니다. 편향된 집단지성이 초래할 무서운 결과를 꿰뚫어 보아야 합니다.

사공이 많으면 많을수록?
배가 산으로 간다. vs 더 빠르고 더 안전하게 항해한다.

전문가의 말을

어디까지 믿어야 하나?

일반적으로 현대인의 삶은 매우 복잡하고 다양합니다. 부동산과 금융 관련 내용이 좀 어렵고 헷갈리는 것이 아닙니다. 대학 입시는 또 어떤가요. 대학에 들어가기 위한 전략이 그야말로 고차원 방정식을 푸는 것과 같습니다. 세금 문제, 주식투자 등도 마찬가지입니다. 각각의 개인이 모든 분야에 정통할 수는 없습니다. 그래서 세상을 별 탈 없이 살아가기 위해서는 각 분야의 전문가의 도움에 의존하게 됩니다. 이는 과거와 비교해 보면 쉽게 수긍이 갑니다. 전에는 전문가에게 크게 의지하지 않고 혼자 할 수 있었던 일들이 이제는 그리 많지 않은 것이지요.

의료와 같이 고도의 전문성을 요구하는 분야는 당연히 그렇다 치더라도, 집을 사고 투자하는 것, 자녀교육, 심지어 취미생활도 전문가의 도움이 필요한 시대가 된 것입니다. 이는 우리의 삶과 관련된 모든 분야가 세분화되면서 그만큼 더 깊이 있는 전문성을 요구하는 데 따른 결과입니다. 한편으로는 우리를 둘러싼 불확실한 환경에 우리의 삶이 쉽게 휘둘리기 때문에 전문가에게 의존하는 것이 당연시됩니다. 조금이나마 불안에서 벗어나고 싶은 것이지요. 지금은 그 어느 때보다 정보에 자유롭게 접근할 수 있고, 필요하다면 자신의 목소리를 내는데 큰 제약이 없는 시대입니다. 그런데도 전문가에 대한 의존이 더욱 커지는 것은 아이러니합니다.

여기서 우리는 전문가의 전문성을 얼마나 신뢰할 수 있는지에 대해 냉정하게 짚어볼 필요가 있습니다. 특히 불확실한 상황에서 우리가 당면한 문제들을 해결하는 데 전문가의 자문이나 조언이 만족할 만한 도움이 되었는지는 솔직히 확신하기 어렵습니다. 주식투자의 경우 오히려 전문가의 말을 듣고 큰 손실을 보았다고 하는 사람이 적지 않습니다. 직관적으로 보더라도 '그 많은 전문가들이 있는데도 왜 세상은 항상 이 모양인가?'라는 생각이 들지 않습니까?

직관적인 어림셈법heuristics의 유용성을 강조하는 독일 막스플랑크연구소의 인간개발연구소 소장인 게르트 기거렌처Gerd

Gigerenzer 박사는 명쾌하고 설득력 있는 답을 제시합니다. 그에 따르면 세계 주요 은행의 환율 전망은 지속적으로 빗나가고 있으며, 저명한 분석가들의 주가 전망 또한 순전히 엉터리였다고 합니다. 예를 들어 서브프라임 모기지 사태가 시작된 2008년에 전문가들의 주가 예측은 평균 수익률 11%를 기록하는 것이었습니다. 그러나 2008년 말, S&P 지수가 무려 38% 하락하였습니다. 이것은 비단 서브프라임 모기지 사태라는 특수한 상황 때문이 아니라 다른 해에도 전문가들의 주가 예측은 틀리기 일쑤였다는 겁니다. 간혹 실제 상황에 근접한 예측치가 있었지만, 이것은 우연일 가능성이 큽니다. 고장 난 벽시계도 하루에 두 번은 시간이 맞듯이 말입니다.

기거렌츠는 전문가 예측의 오류를 다음과 같은 비유를 들어 통렬히 비판합니다. 적중률이 50%이는 무작위 동전 던지기의 확률과 같다인 주식투자 전문가가 1만 명이 있다고 합시다. 1년 뒤에 이 중 50%인 5,000명이 수익을 낼 것입니다. 그리고 2년 뒤에는 5,000명의 50%인 2,500명이 수익을 내겠지요. 계속 이런 식으로 가면 처음 1만 명 중 10명이 10년간 연속해서 수익을 적중 시켜 이른바 투자의 대가가 되는 것입니다. 이것은 시장에 대한 심오하고 기술적인 분석의 결과가 아니라, 순전히 동전 던지기와 같은 무작위 확률에 따른 결과입니다.

이보다 더한 결과도 있습니다. 스웨덴에서 투자 전문가 그룹과 비전문가로 구성된 일반인 그룹에게 동일한 투자 임무를 주고 적중률을 비교해 보았습니다. 결과는 일반인의 적중률은 절반 정도로 동전 던지기와 같은 수준의 적중률을 보여주었습니다. 그런데 전문가들의 적중률은 40% 수준이었다고 합니다. 놀랍지 않습니까? 일반인 그룹의 동전 던지기 확률보다 낮은 40% 수준이라니 말입니다.

전문가들의 전문성을 의심케 하는 또 다른 결과가 있습니다. 미국 코넬 대학의 데이비드 더닝David Dunning과 그의 동료들이 진행한 조금은 짓궂은 실험입니다.

금융 분야에 종사하는 100명에게 금융계에서 사용하는 특정한 개념과 전문용어를 잘 알고 있는지 물었습니다. 설명을 요구한 것은 아니었고 용어를 제시하고 그 용어가 무슨 뜻인지 아는지 모르는지를 물었던 것입니다.

그런데 그 용어의 목록에는 '사전 평가된 주식', '고정 배당금이 걸린 세금 공제', '연례화된 신용'과 같은 '없는 용어'들도 있었습니다. 흥미롭게도 전문가들은 이렇게 실험을 위해 지어진 용어도 '안다'고 대답했습니다. 실험 대상자들은 자신의 전문 지식을 높이 평가할수록 더욱 확실하게 속아 넘어갔습니다. 이 실험은 전문가들이 자기 분야의 전문 지식을 과대평가하여 모르는 것도 아는 체할 가능성이 큼을 보여 줍니다.

이러한 현상이 금융 부문에만 국한될까요? 정도의 차이는 있겠지만, 다른 전문분야에서도 똑같습니다. 전문가가 아닌 일반인에게도 이런 경향이 있고요. 더닝 크루거 효과Dunning-Kruger effect가 이를 뒷받침해 줍니다. 더닝David Dunning과 크루거Justin Kruger의 공동연구에 따르면 사람들은 다른 사람의 능력을 대수롭지 않게 생각하는 대신, 자신의 능력은 과대평가하는 경향이 있다고 합니다. 그래서 주변 사람들 중에 터무니없이 잘난 체하는 사람들이 많은 걸까요? 제 친구 한 명도 그런 부류입니다. 이 친구가 조그만 노래방에서 노래를 불렀는데 팡파르가 울리면서 100점이 나온 겁니다. 친구들이 환호하고 손뼉을 쳤습니다. 그 날 이 친구는 본인이 슈퍼스타의 자질을 가졌다고 생각했던지 마이크를 놓질 않았습니다.

이쯤 되면 이른바 전문가의 자문이나 조언에 어디까지 의존해야 하는지에 대해 심각한 고민이 필요해 보입니다. 결론은 간단합니다. 내가 어떤 선택을 하든, 어떤 결정을 하든 그에 따른 결과는 분명히 나옵니다. 그리고 그 결과에 대한 책임은 전적으로 본인이 져야 하는 것입니다. 전문가를 무시할 수는 없지만, 그의 조언은 참고할 사항 정도라고 생각하고 본인 스스로 문제 해결의 답을 찾아야 합니다. 선택과 결정을 할 때 어떤 문제가 생길지 냉정하고 치밀하게 생각해 보아야 합니다. 그리고 문제 해결을 위해 관련된 지식과 경험을 체계적으로 습득하고 정리해야 합니다. 특히 내가 선택하거나 결정할 일이 중요할수록 더욱더 그렇습니다.

무지는 지식보다 더 확신을 갖게 한다.

찰스 다윈

두 얼굴의 지식인과

버로남불

명망 있는 지킬Henry Jekyll 박사는 선과 악이라는 인간 본성의 양면
성을 탐닉하기로 하고, 선과 악을 오갈 수 있는 약물을 만듭니다.
지킬은 자신이 만든 약물을 이용해 악인의 화신 하이드로 변신하
여 악행을 저지르다가 선한 지킬로 되돌아오는 것을 반복합니다.
그러나 지킬은 악의 유혹을 이기지 못하고 끝내 괴물 하이드로 파
멸합니다. 로버트 루이스 스티븐슨Robert Louis Stevenson이 1800년대
영국 런던을 배경으로 쓴 단편소설 '지킬 박사와 하이드Dr Jekyll And
Mr Hyde'의 줄거리입니다. 한 번쯤 읽어 보았거나 어떤 내용인지는

알고 있을 것입니다. 소설에서는 인간의 이중성을 선과 악이라는 극단적 구도로 보여 줍니다. 그런데 이 같은 극단적 이중성까지는 아니더라도, 행동 또는 생각이 겉 다르고 속 다른表裏不同 사람들이 우리 주변에 적지 않습니다.

폴 존슨Paul B. Johnson이 쓴 『지식인의 두 얼굴』은 우리가 알고 있거나 존경해 왔던 세기적 석학이나 사상가들의 표리부동한 모습을 냉혹하게 까발립니다. 그들의 삶의 궤적에서 나타난 위선과 이중성을 보면서 불완전한 인간의 한계를 실감합니다. 그들이 그토록 강조했던 인류애나 정직함, 양심 따위가 한낱 구두선에 불과했다는 것은 서글픔을 넘어 분노마저 느끼게 합니다.

루소Jean Jacques Rousseau와 톨스토이Lev Nikolaevich Tolstoi, 러셀 Bertrand Russel, 헤밍웨이Ernest Hemingway 등 책에 소개된 지식인들은 하나같이 방탕한 사생활을 즐겼으며, 혼외정사로 얻은 자식들을 버리는 파렴치한 모습을 보여 줍니다. 심지어 루소는 자식을 낳자마자 바로 보육원으로 보내기도 하였습니다. 이들은 자신의 처지에 대해 불평불만을 늘어놓으면서도 자신의 이익을 극대화하기 위해 과대포장된 자신의 이미지를 대중에게 심어주는 데 탁월한 재능을 발휘했습니다. 또한 말로는 이성과 합리성을 강조하면서도 감정에 휘둘리는 행동을 수없이 했으며, 자신들의 명성에 걸맞게 항상 특별한 대접을 받아야 한다는 우월의식에 사로잡혀 있었습니다. 그들의 사상이나 이념이 모두 그릇된 것은 아니지만, 위선과 가식의 역겨움은 이를 덮고도 남습니다.

이러한 이중성은 어디에서 비롯된 것일까요? 2015년 독일 쾰른대학교의 심리학자 빌헬름 호프만Wilhelm Hofmann 교수 연구팀은 미국과 캐나다 성인 1,252명을 상대로 진행한 흥미로운 실험의 연구 결과를 발표했습니다. 연구자들은 참가자들에게 3일 동안 메시지를 보내고, 그때마다 직전 1시간 동안 자신이 행한 선한 행동과 나쁜 행동을 기록하게 했습니다. 그리고 본인이 관찰한 다른 실험참가자의 행동도 기록하게 했습니다. 실험 결과, 자신이 선한 행동을 했다고 기록한 빈도7%가 타인이 선한 행동을 했다고 기록한 빈도3.5%보다 두 배나 높게 나타났습니다.

위 실험으로 대부분의 사람이 자신에게는 관대하지만, 타인에 대한 평가는 엄격하다는 것이 증명되었습니다. 자신과 타인에 대한 이중 잣대를 가지고 있는 것이지요. 타인이 잘못한 일들은 일일이 기억하거나 경우에 따라서는 그 기억에 살과 뼈를 덧붙여 곱씹으면서도, 자신이 잘못한 일은 제대로 기억하지 못하거나 이를 오히려 합리화하려고 합니다. 사람은 누구나 자기를 방어하려는 본능이 있기 때문에 자신의 잘못을 인정하지 않으려는 경향이 있습니다. 그래서 어떤 일의 결과가 나쁘게 나왔을 때 그것은 내가 잘못한 것이 아니라 주변의 상황이 좋지 않아서, 다른 사람이 무엇인가 잘못한 것이 있기 때문이라고 돌리는 것이지요. 미국의 사회심리학자 앤서니 그린왈드Anthony G. Greenwald는 이를 '베네펙턴스

Beneffectance 현상'이라고 이름 붙였습니다. '잘되면 제 탓, 못 되면 조상 탓'이라는 우리 속담도 같은 맥락입니다.

여기에 들어맞는 표현이 '내로남불'입니다. 다른 사람의 특권을 비난하면서, 자신과 가족이 받는 특권에 대해서는 왜 말이 없을까요? 송전탑을 세우기 위해 산지의 일부를 훼손하는 것에 대해서는 그렇게 기세등등하던 환경론자들이 태양광 발전을 위해 그보다 훨씬 더 넓은 임야의 울울창창한 숲을 갈아엎는 것은 왜 보고만 있을까요? 요즈음 우리 주변에서 볼 수 있는 '내로남불'의 사례는 그야말로 부지기수입니다. 이 얼마나 지독한 이율배반인가요.

'내로남불'의 진짜 문제는 위선입니다. '내로남불'의 행태가 심한 사람들은 겉으로는 양심적이고 정의로우며 이타적이나, 실상은 그렇지가 않습니다. 그들이 내세우는 양심과 정의는 앞서 『지식인의 두 얼굴』에서 보았듯이 본인의 이익을 위해 그럴싸하게 포장된 것일 뿐입니다. 인간은 신이 아니므로 잘못된 생각과 행동을 할 수 있습니다. 나이가 어려서 철이 없거나, 사고 능력이 부족한 사람들은 어떻게 할 도리가 없지만, 보통의 사람들에게 가장 중요한 것은 잘못이 있을 경우 이를 반성하고 되풀이하지 않는 것입니다.

그러나 '내로남불'의 위선자들은 진심으로 자신의 잘못을 인정하거나 반성하지 않습니다. 오히려 온갖 요망한 말과 글로써 양심과 정의를 부르짖으며 사람들을 현혹합니다. 그러면서도 자기들의 잇속은 철두철미하게 챙깁니다. 차라리 위선적이지 않은 악당이 '내로남불'의 위선자보다는 훨씬 덜 나쁩니다. 적어도 악당은 혹세무민하지는 않으니까 말이지요. 모름지기 사회의 지도적 위치에 있는 사람들은 말과 행동이 일치해야 하며, 주변 상황과 남을 탓하기에 앞서 스스로를 먼저 돌아보아야 합니다.

'공은 부하에게, 명예는 상사에게, 책임은 나에게.' 그들이 이 말의 참된 의미를 알기나 할까요?

블랙스완은

어디에서 오는가

레바논 태생의 나심 탈레브Nassim Nicholas Taleb는 철학 비평가이며 금융 밀집구역 월가에서 투자전문회사를 운영하고 있습니다. 그는 2007년 자신의 저서 『블랙스완』을 통해 월스트리트의 위기를 경고했습니다. 1년이 지난 2008년, 미국 초대형 대부업체들이 줄줄이 파산하며 시작된 '서브프라임 모기지 사태'가 발생하며 이를 예측한 나심 탈레브는 일약 월스트리트의 스타로 부상하였습니다. 서브프라임 모기지 사태라는 전대미문의 사태를 미리 예견하고 책을 썼다면 그는 그야말로 세계적 현자일 테고, 그게 아니라면 극적으로 운이 좋은 사나이라고 할 수 있겠지요. 그렇다 하더라도 『블랙 스완』에서 보여 준 그의 통찰력은 높이 평가받아 마땅합니다. 책에서 그는 현시대를 풍미하는 통계적 예측의 한계와 오용을 지적하면서 이로 인해 감당하기 어려운 파국적 상황이 초래될 수 있음을 경고하였습니다.

그가 말하는 블랙스완검은 백조은 발생 가능성이 낮고 예측하기 힘들지만, 일단 발생하면 엄청난 충격을 가져오는 사건들을 의미합니다. 위의 서브프라임 모기지 사태나 9.11 테러처럼 말입니다. 세상에 검은 백조는 당연히 없는 것으로 생각되었습니다. 17세기 한 생태학자가 호주에서 검은 백조를 발견하기 전까지 말입니다. 검은 백조는 현실 세계에서 발견되었고, 이는 이제까지 상상조차 하지 못했던 사건이 일어나 세상을 뒤흔들고 있음을 의미합니다.

블랙스완은 언제, 무엇 때문에 나타나는 걸까요? 나심 탈레브는 일차적 책임을 통계적 오류로 돌리고 있습니다. 이를 설명하기 위한 칠면조의 환상에 대한 이야기가 잘 알려져 있습니다. 어린 칠면조에게 한 농부가 다가왔습니다. 칠면조는 농부가 자기를 죽일지도 모른다고 생각했습니다. 그러나 농부는 모이만 주고 그냥 갔습니다. 다음날에도 농부가 왔고 칠면조는 다시 생각합니다. '오늘 은 날 죽이지 않을까?' 그러나 그날도 농부는 모이만 주고 갔습니다. 계속 날짜가 지나자 칠면조는 생각했습니다. '농부는 참 친절 한 사람이군. 이제 내가 죽을 확률은 사실상 없는 거나 마찬가지

삶의 변곡점, 마음 다이어트가 필요해

야.' 칠면조가 이렇게 생각한데는 나름의 이유가 있습니다. 프랑스의 수학자 라플라스Pierre Simon Marquis de Laplace의 후속규칙rule of succession에 따르면 말입니다.

후속규칙

이전에 n번 발생한 일이 다시 일어날 확률 = (n+1)/(n+2)

* n: 농부가 칠면조에게 모이를 준 일수

이 규칙에 따르면 농부가 칠면조에게 모이를 준 일수가 많아질수록 다시 모이를 줄 확률은 높아집니다. 어느 정도 일수가 계속되면 모이를 줄 확률이 100%에 근접합니다. 그래서 칠면조는 농부가 자신을 잡아먹지 않을 것이라 확신하였습니다. 칠면조는 농부를 처음 만난 지 300일 되는 날이 추수감사절 전날이라는 사실을 몰랐기 때문입니다. 역설적이게도 농부가 칠면조에게 다시 모이를 줄 확률이 가장 높은 날 칠면조는 농부의 가족들이 먹기 좋게 손질되어 오븐에 넣어졌습니다. 죽음이라는 재앙의 블랙스완이 칠면조를 덮친 것이지요.

이처럼 통계적 예측에 대한 칠면조의 환상이 블랙스완을 불러온 것입니다. 칠면조는 왜 그러한 환상을 가지게 되었을까요? 확률입니다. 확률은 쉽게 이야기하면 어떤 사건이 발생할 가능성을 수치화한 것입니다. 선택을 함에 있어 확률이 있다는 것은 곧 그만큼의 위험을 가진다는 의미입니다. 그런데 모든 사건의 발생 가능성이 사전에 확률로 표시되지는 않습니다. 이처럼 확률조차 모르는 상태를 불확실성 또는 모호성이라고 합니다. 정리해 보면 세상의 일들은 발생할 확률을 아는 경우와 모르는 경우로 나눌 수 있는데 전자는 위험성, 후자는 불확실성을 특징으로 합니다.

사람들은 확률이 있는 상황위험성과 없는 상황불확실성 중 어느 것을 선호할까요? 둘 중 하나를 선택하라고 하면 확률이 있는 상황을 선택하는 것이 일반적이라고 합니다. 예를 들어 보겠습니다. 공이 담긴 단지가 2개 있습니다. A단지에는 하얀색 공 50개와 검은색 공 50개가 들어있고, B단지에는 100개의 공이 들어있는데 하얀색 공과 검은색 공의 개수는 모릅니다. 만약 어떤 단지를 택해 하얀색 공이 나오면 10만 원을 받을 수 있는 게임을 한다고 합시다. 어떤 단지를 선택할까요? 대다수 사람들은 A단지를 선택한다고 합니다. 이건 쉽습니다. 그런데 이번에는 검은색 공을 꺼내면 10만 원을 받을 수 있다고 합시다. 어떤 단지를 선택할까요? 이 경우에도 확률을 알고 있는 A단지를 선택한다고 합니다. 그러나 이 결정은 문제가 있습니다. 앞에서 A단지를 선택할 때에는 B단지에 하얀색 공이 50개 이하반대로 검은색 공은 50개 이상 일 것이라는 암묵적 전제가 있었기 때문입니다. 그렇다면 검은색 공을 뽑아야 하는 두 번째 게임에서는 B단지를 선택하는 것이 합리적인 결정입니다. 두 번째 게임에서도 A단지를 선택한다는 것은 우리의 심리 기저에 불확실성을 기

삶의 변곡점, 마음 다이어트가 필요해

피하는 성향이 있음을 반영하는 것입니다. 이러한 성향을 하버드 대학교 교수 대니얼 엘스버그Daniel Ellsberg의 이름을 따 엘스버그 역설Ellsberg paradox이라고 합니다.

확률을 모르는 경우 어떻게 해야 할까요? 우리 주위에는 확률을 모르는 일이 무수히 많습니다. 인간이 모르는 것이 많은 것은 물론이거니와, 모른다는 사실 자체도 모른 채 살아가기도 합니다. 이미 알려진 확률적 위험은 대비가 가능합니다. 그러나 현실은 대단히 불확실하고 모호함이 넘쳐납니다. 전문가들은 이런 불확실한 상황에 직면하여 억지로 끼워 맞추기 식으로 확률을 수치화하고 이를 근거로 대비책을 내놓습니다. 나심 탈레브는 이런 전문가들에 대해 "통계적 방법을 악용해서 사회를 위험에 빠뜨리려는 돌팔이 과학자"라고 신랄하게 비판합니다. 대니얼 카너먼의 『생각의 해부』에 따르면 불확실한 위험에 잘못 대응할 때 블랙스완이 찾아옵니다. 블랙스완은 글로벌 차원의 것일 수도 있고, 국가적 차원에서 재앙이 될 수도 있습니다. 여기에 개인도 예외가 되지는 않습니다. 예측할 수 없는 위험과 함께 살아가는 한, 상상조차 할 수 없는 파멸적인 일들이 일어날 수 있습니다.

세상에서 가장 확실한 것은 확실한 것이 아무것도 없다는 사실입니다. 우리는 불확실성에 익숙해져야 합니다. 불확실한 상황에서 맞지도 않는 예측을 억지로 하기보다는 불확실성의 실체를 있는 그대로 보는 것이 중요합니다. 그리고 때에 따라서는 직관을 통한 어림셈법heuristics으로 문제 해결에 접근하는 것입니다. 극도의 불확실하고 급박한 상황에서 한가히 확률을 따진다는 것은 말이 안 됩니다. 아래의 사례가 이를 잘 보여 줍니다.

2009년 1월 뉴욕 라과디아La Guardia 공항에서 승객 150명을 태운 US 에어웨이 1549편이 이륙한 지 3분이 되었을 때입니다. 고도 2,800ft 상공에서 4.5kg이 넘는 캐나다 기러기 무리가 비행기의 양 날개 제트 엔진과 충돌하였습니다. 이 사고로 비행기 엔진이 멈추었고 추락이 불가피한 상황이었습니다. 기장은 2가지 선택의 기로에 놓였습니다. 공항으로 회항할지 아니면 위험을 무릅쓰고 허드슨강에 불시착할지. 그런데 공항으로 회항하다가 공항에 이르기도 전에 불시착하게 되면 그 지역에 엄청난 피해가 초래될 수 있는 상황이었습니다. 기장과 부기장은 절체절명의 상황에서 계기판이나 복잡한 항로 유지의 각 따위를 생각하지 않았습니다. 그들은 육안과 어림셈법 즉 직관적으로 조종석에서 보이는 관제탑을 기준 삼아 기체를 허드슨강에 불시착하는 데 성공하며 단 한 명의 인명 피해 없이 착륙했습니다. 이 영웅적 사건은 '허드슨강의 기적'이라는 영화로도 제작되었습니다.

대니얼 카너먼, 『생각에 관한 생각』

삶의 변곡점, 마음 다이어트가 필요해

불확실한 상황에서는 사안을 최대한 단순화시켜서 보고, 원칙에 충실한 해결책을 찾아야 합니다. 복잡하고 어려운 문제일수록 답은 의외로 간단하고 쉬운 것에서 찾을 수 있습니다.

이 세상에 죽음과 세금만큼 확실한 것은 없다.

벤자민 프랭클린

위기는

언제나 있다

미래는 불확실하고 한 치 앞을 내다보기 힘듭니다. 조금이라도 한 눈을 팔면 바로 천 길 낭떠러지로 떨어질지도 모른다는 두려움과, 살아남아야 한다는 압박감에 너 나 할 것 없이 짓눌려 있습니다. 우리를 힘들게 하는 이런저런 일들로 바람 잘 날 없습니다. 세상살이가 참 고달픕니다.

　　매 순간 전쟁을 치루 듯해야 하는 이런 상황을 우리는 '위기'라고 말합니다. 우리는 그야말로 위기가 만성화된 시대를 살고 있습니다.

위기는 여러 차원으로 구분될 수 있습니다. 먼저, 예측 가능한 위기와 예측 불가능한 위기가 그것입니다. 그리고 내재적인 모순이나 문제들이 만들어 내는 위기와 외부적 충격에 의해 초래되는 위기로 구분할 수도 있습니다. 예측 가능하거나 내부 문제로 인한 위기는 상대적으로 대응이 용이합니다. 그러나 마치 블랙스완이 오는 것처럼 외부적 충격에 의한 위기는 예측하기도 어렵고, 대응도 어렵습니다.

위기 상황은 고통을 수반하는데, 이에 대한 대응과 결과는 매우 간명합니다. 고통에 굴복하면 나락으로 떨어지고, 이겨내면 새로운 도약의 발판을 마련할 수 있습니다. 그래서 위기는 동전의 양면처럼 위험危險과 기회機會가 따른다고 말합니다.

그렇다고 해서 위험과 기회를 운에 맡길 수는 없습니다. 오히려 위기는 관리할 대상입니다. 보통의 사람들과 조직은 위기 상황에 처했을 때 뒷짐지고 바라보고 있지만은 않습니다. 정도의 차이는 있겠지만 어떤 식으로든 관리하고, 그 결과에 따라 성패가 좌우됩니다. 성공적인 위기관리는 어떻게 해야 할까요. 그간의 경험에 비추어 위기관리의 키워드로 상황 진단, 타이밍, 시스템 세 가지를 제안하고자 합니다.

먼저, 상황에 대한 진단입니다. 상황 진단은 객관적이고 정확해야 합니다. 그리고 무엇보다 진솔해야 합니다. 조금도 가감이 있어서는 안 됩니다. 진단이 정확하지 않을 경우 원인 분석은 물론 마련한 대안까지 모두 어그러집니다. 마치 첫 단추를 잘못 끼우는 것처럼 말입니다.

상황 진단을 제대로 하기 위해서는 특정인의 판단에만 의존해서는 안 됩니다. 조직 내외부로부터의 다양한 의견을 들어야 합니다. 그리고 관련 정보들을 취합하는 과정에서 정보의 왜곡이나 누락의 가능성도 살펴보아야 합니다. 일반적으로 사람은 위험을 회피하는 성향Risk aversion이 있으므로 본인에게 불리한 정보나 자신 없는 상황은 거를 수 있기 때문입니다.

상황 진단 못지않게 중요한 것이 타이밍입니다. 위기 상황에서 대응을 미루다가 파멸을 자초하는 경우를 심심치 않게 보아 왔습니다. '어떻게든 되겠지'라는 막연한 기대감으로 여유를 부리다가 당하는 것이지요. 어! 어! 하는 순간 사태는 걷잡을 수 없게 됩니다. 마치 폭우가 쏟아지는 계곡에서 물이 불어나듯이 말입니다. 타이밍을 놓친 위기관리는 차 떠나고 손드는 격입니다.

다음은 시스템입니다. 조직의 경우 위기관리가 제대로 작동될 수 있도록 체계적인 시스템을 갖추어야 합니다. 소수의 엘리트를 중심으로 뭘 어떻게 하겠다는 것은 지극히 위험합니다. 체계적인 시스템을 통해 구성원 각자가 무엇을 할 것인지 분명한 미션이 주어져야 합니다. 이렇게 함으로써 위기 상황에 대해 조직 구성원들의 공감대를 형성하고, 위기 극복의 비전을 공유할 수 있습니다.

개인이든 조직이든 평소 대비를 하더라도 위기는 항상 올 수 있습니다. 두려워하지 말고 당당하게 맞서야 합니다. 영국 속담에서 이르는 것처럼 잔잔한 바다는 결코 유능한 뱃사람을 만들지 못하는 법입니다.

이런 전화위복

미국의 엠파이어 스테이트 빌딩은 세계 최초로 100층을 돌파한 102층^{높이} 381m으로 지어졌습니다. 1900년대 초반 대공황을 슬기롭게 넘긴 희망의 상징 으로도 알려져 있지요.2021년 현재 높이 순위는 세계 43위

건축주 존 제이콥 래스콥John Jakob Raskob 제너럴 모터스 부회장은 어려운 국가 경제를 살리고, 국민들에게 희망의 메시지를 전하기 위해 당시 가장 높은 빌딩 을 짓기로 했습니다. 빌딩을 적은 비용으로 단기간에 안전하게 짓는 것을 목 표로 고민하던 중 서랍에서 연필을 꺼내다가 영감을 얻어 연필 모양의 빌딩을 짓게 되었다고 합니다.

1930년 3월 17일 착공해서 390일 만인 1931년 4월 11일 완공하였는데 크레 인이나 레미콘 같은 중장비 없이 대부분의 공정이 수작업으로 진행되었습니 다. 당시로서는 단기간에 지은 고층 건물이라 안정성에 불신이 있었습니다. 그 래서 10여 년 동안 입주자가 적어 'Empty State building'이라는 악명이 붙기 도 했지요.

1945년 7월 미 육군의 B-25폭격기가 안개 낀 상태에서 항로를 변경하다가 빌 딩의 79층과 80층을 들이받았습니다. 엄청난 피해가 우려되었지만, 빌딩은 건 재하였습니다. 이를 계기로 입주자가 늘기 시작했고, 지금도 미국인들의 사랑 이 각별하다고 합니다.

평균값의 함정과

정상화 편향을

경계한다

지름 50cm, 높이 70cm의 투명한 유리 항아리에 도토리 크기의 구슬이 2/3 정도 들어 있습니다. 구슬 개수를 아는 사람은 없지만, 정확히 538개라고 합시다. 모여 있는 50명에게 이 항아리를 보여 주고 구슬이 몇 개인지 물으면 답은 어떨까요? 각각의 사람들은 300여 개에서 800여 개까지 다양한 대답을 합니다. 그런데 50명의 대답을 평균한 숫자는 538개에 근접하게 나옵니다.

이를 '평균으로의 회귀Regression to the mean'라고 하는데, 자료를 토대로 결과를 예측할 때 그 결과의 값이 평균에 가까워지려는 경향을 보인다는 것이지요. 확률적으로는 빈도가 가장 높은 지점을 중심으로 좌우 대칭형의 모습을 보이는 정규분포 곡선 형태입니다. 이러한 형태는 우리 주변에서 흔하게 나타납니다. 이 예로 매년 치르는 대입 수학능력시험과 소득 수준 분포가 있습니다. 당연히 표본 집단의 크기가 클수록 평균값은 더욱 신뢰성을 지닙니다. 평균으로의 회귀는 키의 유전성을 연구한 프랜시스 골턴Francis Galton이 주장한 이론입니다. 골턴에 따르면 아버지 대의 키가 평균보다 크면 자식 대의 키는 아버지 대보다 작고, 반대로 아버지 대의 키가 평균보다 작으면 자식 대의 키는 아버지 대보다 큰 경향이 있다는 것입니다. 만약 평균으로의 회귀가 없다면 세대를 거듭할수록 키가 큰 사람의 자식은 한없이 커질 것이고 작은 사람의 자식은 한없이 작아질 수 있다는 것으로 말이 안 되지요.

우리는 알게 모르게 평균이라는 개념을 신뢰하고 상당한 가치를 부여합니다. 아마도 평균값이 전체의 모습을 쉽고 빠르게 이해하는 데 도움이 된다는 점과 어느 극단에 치우치기보다 '중간 정도만 하더라도 나쁜 것은 아니다'라는 가치관을 은연중에 갖고 있기 때문일 겁니다. 특히, 경험법칙상 평균은 비정상적인 상황이 아니며 지금이 만약 비정상적인 상황이라면 다시 정상적인 상황으로 바뀔 것이라는 믿음을 가지고 있습니다.

바로 이러한 평균으로의 회귀에 대한 인식은 두 가지 중대한 오류를 초래할 수 있습니다. 먼저 평균값의 함정입니다. 구성원이

4명인 A집단과 B집단이 있다고 합시다. A집단의 부동산 자산 평균은 3억 원입니다. 2명은 아예 부동산이 없고, 1명은 3억 원, 1명은 9억 원입니다. 그리고 B 집단의 부동산 평균 자산도 3억 원입니다. 2명은 각각 2억 원씩을 갖고 있고 한 명은 3억 원, 또 한 명은 5억 원을 가지고 있습니다. 이때 우리는 두 집단의 부동산 자산 보유를 등가로 보기는 어렵습니다.

평균값은 그 배후에 있는 개별 값의 특성을 은폐할 수 있습니다. 『블랙스완』을 쓴 나심 탈레브Nassim Nicholas Taleb는 이를 재미있게 설명합니다. '평균 수심 1m의 강은 함부로 건너지 마라!'라고 말합니다. 강의 수심이라는 것이 평균적으로는 1m라 하더라도 곳에 따라 몇십 cm에 불과하기도 하지만, 깊은 곳은 5m가 넘을 수도 있기 때문입니다.

다음으로 문제 되는 것이 정상화 편향Normalcy Bias입니다. 사람들은 무의식중에 자신을 둘러싸고 있는 상황이나 환경, 조건 등이 질서 있는 정상적인 상태를 지향하는 것으로 인식합니다. 특별한 근거가 있는 것은 아닙니다. 예를 들어 특별한 문제가 없는 팀이 연거푸 패하면 다음 경기에서는 꼭 이길 것이라고 생각을 하거나, 예기치 않은 문제가 생겼을 때, 어떤 식으로든 문제는 해결될 것이고 지금의 혼란도 일시적일 것이라는 생각들 말입니다. 이러한 생각들이 전적으로 잘못된 것이라고는 할 수 없습니다. 어려운 상황에 처했을 때 좌절하기보다는 잘 될 거라는 긍정적 믿음이 큰 힘이 되

삶의 변곡점, 마음 다이어트가 필요해

니까요. 그러나 이러한 현상은 비상상황이 발생했을 때 치명적인 결과를 초래할 수 있습니다.

1977년 보잉 747 비행기 두 대가 짙은 안개로 뒤덮인 테네리페 섬 활주로에서 충돌하는 사고가 발생했습니다. 두 대의 운항 속도는 시속 250km였는데, 한 대는 그 자리에서 폭발해 탑승객 전원이 사망했고, 다른 한 대는 여러 동강이 나면서 불이 붙었습니다. 이때 비상 탈출구를 통해 탈출할 기회가 있었음에도 탑승객 496명 중 61명만이 탈출에 성공하고 나머지 사람들은 자리에 그대로 앉아 있다가 사망하였습니다. 이 사례에서 보듯이 비상상황이 발생하면 사람들의 의식은 얼어붙습니다. 상황을 이성적으로 판단하기보다 모든 것이 곧 정상으로 돌아갈 것이라는 근거 없는 희망을 가진다는 겁니다.

평균값의 함정, 정상화의 오류에 빠지지 않기 위해서는 사안의 본질을 정확히 보아야 합니다. 겉모습만 보고 판단해서는 안 됩니다. 장밋빛 낙관이 일시적으로 자기 위안이 될지는 모르겠지만 사태를 돌이킬 수 없는 지경으로 몰아가는 불씨가 됨을 알아야 합니다.

세상을 안전하게 사는 지혜
'설마' 하는 생각을 버리고 '혹시'라는 마음으로!

꼭 1등이 아니더라도...

〜〜〜〜〜〜〜〜〜〜〜〜

'무한 경쟁의 시대', '1등만이 살아남는다.' 요즘 자주 듣는 말입니다. 아등바등 열심히 산다고 해도 경쟁에서 항상 앞서갈 수만은 없고, 1등할 자신은 더욱 없습니다. 그런데도 우리는 이런 말들이 주는 섬뜩한 압박과 주술 속에서 헤어나지 못하고 있습니다.

그러나 이런 말들에 주눅들 필요는 없습니다. 치열한 경쟁에서 남보다 뒤처질 수 있습니다. 2등은 고사하고 꼴찌를 할 수도 있습니다. 꼴찌를 했건, 패배자가 되었건 살아남지 못하거나 도태된다고 하면 세상은 너무 살벌합니다. 1등처럼 화려하지는 않더라도 살

삶의 변곡점, 마음 다이어리가 필요해

아남는 방법을 찾는 것이 중요합니다.

지금 내가 뒤처져 있다고 해서 실망하거나, 남이 앞서 나가 있는 것을 시기할 일은 아닙니다. 단계를 밟다 보면 따라잡게 됩니다. 그리고 어느 순간 1등도 할 수 있고 경지에 이를 수도 있습니다. 1만 시간의 법칙이 그냥 나온 말은 아닐 겁니다.

불가나 무도의 수행방법 중 수·파·리守·破·離의 단계라는 것이 있습니다. 수守는 교본이나 스승의 가르침을 그대로 배우고 지키는 단계입니다. 기본과 정석定石을 익히는 것으로 이해할 수 있습니다. 파破는 이론과 가르침을 새롭게 응용하는 단계입니다. 기본이 충실하지 않으면 이르기 어렵습니다. 리離는 자신만의 독창적인 방법으로 기존의 가르침이나 이론을 넘어서고 결별하는 것입니다. 한 마디로 대가로서의 경지에 이른 단계라 할 수 있을 겁니다. 어떤 이들은 수파리를 한자의 필법 중 해서楷書, 행서行書, 초서草書에 비유하기도 합니다.

기업도 상황은 다르지 않습니다. 굴지의 재벌 기업 가운데 조그만 동네의 구멍가게에서부터 시작하지 않은 경우가 얼마나 있을까요? 애플 컴퓨터의 창업자인 스티브 잡스도 처음에는 부모님 집의 차고를 빌려 일을 했던 것은 너무나 잘 알려진 이야기입니다. 요컨대 시작은 미약합니다.

세상일에는 단계가 있습니다. 가끔 단계를 뛰어넘어 기대 이상의 성취를 거둘 때가 없지 않지만, 그것은 운이고 요행일 경우가 많습니다. 또한 단계를 거치지 않고 이룬 성취는 사상누각과 같은 것입니다. 노력 없이 대가의 흉내를 내면 안됩니다.

개인이나 기업의 노력 못지않게 우리 모두에게 꼭 필요한 것이 포용의 마음가짐입니다. 치열한 경쟁사회에서는 꼴찌와 패배자가 나올 수밖에 없습니다. 정말 두려운 것은 이들이 '루저'로서 낙인찍히고, 스스로 자포자기하는 상황입니다. 세상에 가치 없는 존재는 없습니다. 이들이 재기하거나 좀 더 잘 할 수 있도록 주변의 따뜻한 격려가 있어야 합니다. 설혹 그렇지 못하더라도 그들 모두 우리의 일원이라는 연대감이 필요합니다. 우리가 선망하는 '더불어 사는 사회'란 바로 그런 모습일 터이니 말입니다.

1만 시간의 법칙

어떤 분야의 전문가가 되기 위해서는
최소한 1만 시간 정도의 훈련이 필요하다.
1만 시간은 매일 3시간씩이면 약 10년, 10시간씩이면 3년이 걸린다.

말콤 글래드웰Malcolm Gladwell

도움받은 글

대니얼 카너먼,『생각의 해부』/『생각에 관한 생각』

마르틴 코헨,『비트겐슈타인의 딱정벌레』

셀레스트 헤들러,『말센스』

롤프 도벨리,『스마트한 생각들』/『스마트한 선택들』

크리스토프 앙드레,『괜찮아, 마음먹기에 달렸어』

캐런 킹스턴,『아무것도 못 버리는 사람』

이도준,『내가 꿈을 이루면 나는 누군가의 꿈이 된다』

오구라 히로시,『회사에서 읽는 아들러 심리학』

무라카미 하루키,『랑겔한스섬의 오후』

말레네 뤼달,『덴마크 사람들처럼』

우메사오 다다오,『지식 생산의 기술』

생텍쥐페리,『인간의 대지』

스티브 캘러핸,『표류』

스티브 도나휴,『사막을 건너는 여섯 가지 방법』

데이비드 브룩스,『인간의 품격』

마크 맨슨,『신경 끄기의 기술』

야마시타 히데코,『버림의 행복론』

기시미 이치로,『행복해질 용기』

류동기,『행복 프레임워크』

노구치 데츠노리,『숫자의 법칙』

김경일,『어쩌면 우리가 거꾸로 해왔던 것들』

삶의 변곡점, 마음 다이어트가 필요해

김진배, 『유쾌한 대화로 이끄는 유머』

경향신문(2016.5.1일자 워싱턴 손혜민 특파원)

윌리엄 파워스, 『속도에서 깊이로』

이하준, 『오래된 생각과의 대화』

마릴리 애덤스, 『삶을 변화시키는 질문의 기술』

허병민 외, 『호모 콰렌스』

송명빈, 『잊혀질 권리, 나를 잊어주세요』

한겨레 2014. 5.14. 기사(정의길, 온라인 '잊혀질 권리' 인정 첫 판결) 등

로빈 던바, 『던바의 수』

장대익, 『사회성이 고민입니다』

중앙일보 선데이칼럼 2019.12.21.(양선희, 타다, 공유경제의 불편한 이면)

동아비즈니스리뷰 133호(유정식, '쥐잡기 경쟁시키니 쥐를 사육하기도… 이제 경쟁대신 협력을 말하자')

장동선, 『뇌 속에 또 다른 뇌가 있다』

매일경제 2016.5.11. '똑같은 잘못도…우리집단엔 관대, 타집단엔 엄격'

이상건, 『워런 버핏, 부는 나눠야 행복해져』

베라, 제이, 『지금 나에게 필요한 이야기』

신성희, 『괴물이 나타났다!』

네이버 지식백과, 사람을 움직이는 100가지 심리법칙-사소함의 법칙 (Parkinson's Law of Triviality)

니시무라 가츠미, 『바보들은 매일 회의만 한다』

제임스 서로위키, 『대중의 지혜』

찰스 리드비터, 『집단지성이란 무엇인가』

로버트 E. 건서, 『결정의 심리학』

게르트 기거렌처, 『지금 생각이 답이다』

폴 존슨, 『지식인의 두 얼굴』

전성철 외 2인, 『위기관리 10계명』

스벤야 아이젠브라운, 『너무 재미있어서 잠 못드는 심리학 사전』

이사카와 가즈유키, 『보틀넥』

　　　　삶의 변곡점, 마음 다이어트가 필요해